山城

色彩奏鸣曲

陈显涪 | 著

陕西新华出版
太白文艺出版社·西安

图书在版编目（CIP）数据

山城·色彩奏鸣曲 / 陈显涪著. -- 西安：太白文艺出版社，2023.3
 ISBN 978-7-5513-2175-4

Ⅰ.①山… Ⅱ.①陈… Ⅲ.①散文集－中国－当代 Ⅳ.①I267

中国国家版本馆CIP数据核字(2023)第044277号

山城·色彩奏鸣曲
SHANCHENG·SECAI ZOUMINGQU

作　者	陈显涪
责任编辑	薛　伟　何音旋
封面设计	白悦兰堂
内文插图	白悦兰堂
版式设计	白悦兰堂
出版发行	太白文艺出版社
经　销	新华书店
印　刷	朗翔印刷（天津）有限公司
开　本	880mm×1230mm　1/32
字　数	120千字
印　张	6.25
版　次	2023年3月第1版
印　次	2023年3月第1次印刷
书　号	ISBN 978-7-5513-2175-4
定　价	58.00元

版权所有　翻印必究
如有印装质量问题，可寄出版社印制部调换
联系电话：029-81206800
出版社地址：西安市曲江新区登高路1388号（邮编：710061）
营销中心电话：029-87277748　029-87217872

序一

如诗如画或忧或乐

何君林

收到陈显涪所著《山城·色彩奏鸣曲》美文集的电子文档已经有些时日了，确切地讲，都已经从鼠年跨到牛年了。刚收到文档时，以为只是朋友间的交流，让我欣赏品读一番。不承想电话随即而至，显涪兄居然让我为他的这本美文集作序，此番消息使我大吃一惊，不知道如何应对。

我既非名人，也非名家，何德何能替人作序？显涪兄将此重任交付于我，如果不是玩笑，那就是百分之百的信任。这样的信任让我惶恐，倍感压力，迟迟不敢动笔，所以拖到了今天。我一直在宽慰自己，显涪兄让我作序，是想叫我不要偷懒耍滑，必须静下心来认认真真通读文本，一字不落，还得有所感悟。这或许可以算作是朋友间的"胁迫"吧。

我和显涪兄相识多年，最初结识并非源自文学，而是因为我们同为媒体人。主要是重庆媒体界就那么大，彼此抬头不见低头见。显涪兄年长于我，如今已退休，离开媒体界，而我还在其间"挣扎"。本该相忘于江湖，但文学却让我们相惜，彼此不愿就此撒手别过，时不时还会叨扰对方一下，美其名曰：文学交流。

显浯兄是重庆作家协会会员，曾在《人民日报·大地》副刊发表过大量作品。退休前他是《重庆日报》主任记者，曾出版有《秋天的思索》《青春的沃野》《天南地北》《警世钟》《飞雪迎春》《人生·理想·爱情》《勇闯ＡＢＳ迷宫的故事》《书林觅趣》《记者在你身边》等书籍，著述颇丰，至今笔耕不辍，于是便有了这本美文集。

何谓美文？

美文（belles-lettres），《法汉词典》译为"纯文学"，法文《拉鲁斯普通名词大词典》中的定义是"文学、修辞、诗歌艺术的总体"，修辞和诗歌也可以由"文学"来概括。从狭义来说，美文就是散文，美文这一用语是周作人从西方引入的一种称谓，进入我国后，经过冰心、徐志摩、周作人等著名作家的开拓，美文的领域拓展到了白话文领域，但依然是以散文形式出现。

好散文是美文，好诗歌是美文，好小说是美文，好论文是美文，总而言之，写得好的文章，就是美文。

在我看来，只要是重情感的、抒发情怀的都是美文。美文是靠读者的直觉、感知来欣赏的，它优美生动，具有非常高的审美价值。美文是靠情感的输入，靠优美的意境来打动读者的。总之，美文应做到文笔优美，内容给人舒适、愉悦感。

《山城·色彩奏鸣曲》一书之所以称之为美文集，主要是书中所有篇什都注重感情，用来抒发作者的情感和内心,或喜或忧都能给人一种触动,影响读者的内心。

全书以《山城·色彩奏鸣曲》一文开局,为整本集子定下美文基调,随之以一年四季为辑分为《春之卷》《夏之卷》《秋之卷》《冬之卷》四个部分,依次铺开,仿佛一串颗颗饱满珍珠项链。捧读这样一本集子,就像浏览一幅色彩缤纷的"四季图",也像聆听一部旋律优美的"奏鸣曲",让你的心随之律动起舞。

开篇《山城·色彩奏鸣曲》,以"赤、橙、黄、绿、青、蓝、紫"七色分节,以壮阔优美的文字,吟诵山城的历史和现实,憧憬山城的未来,如同为山城披上七彩之光:"如今,山城是历史与现实的七彩交响。她在生机勃勃中亭亭玉立……山城的乐手吹吧,吹今日之繁荣,吹明日之憧憬。"

在《春之卷》,作者轻诉:"你的扉页上写着:魅力四射。不是吗,这四个字是春天的专利。你宛若季节创造的幼雏,啄破了僵化已久的岁月硬壳,一切生命开始萌动。"从本卷开篇的《三月花儿》到结尾的《生命烛光》,作者由衷感叹:"人世有变迁,草木有枯荣;唯有你,则永远在天穹循环不已。春天,你是我爱人的那方手绢,已叠印成我心中一片永不降落的帆……"

在《夏之卷》,作者眼里的夏日如一个宏大的哲学命题,发人深思。于是,他不停地诉说:"夏日如柳丝,在季节的窗户上毵毵地挂着。蓝天,一碧如洗……我的瞳仁,揉进了你的火热。艳阳在头顶扬起晴朗之帆,啊啊啊,那桅杆,是大地父亲的手臂。我的父亲啊,我的山城

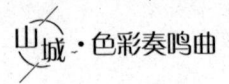

大地,我歌唱夏日,因为那仿佛是我父亲的小舟。"

在《秋之卷》,作者一语道出秋天的真谛:"成熟,是你的主题。"作者看到的秋天不只是一幅图画,不只是一首情诗,更是一部历史。作者理解的秋天"是枫叶从季节的窗口投入的一封长信,那是彩色的秋神的心,储足了四季风雨的炽烈、闪烁星空的慷慨情意"。在秋天,作者听到"大地在呼唤,收获吧,起舞吧,欢乐吧,歌唱吧"!同时,作者在喃喃自语:"我凝视这秋天滚烫的心,世界才更加开阔,和谐,美丽……"

在《冬之卷》,作者抬头四望独白:"我猜测,冬天,其实总在等待一个个暖融融的故事。"作者说出:"冬季,是我的情人。明明净净,清清朗朗,没有一丝的飘浮与混杂。情牵意绕,无间无隔,神游万仞,意迷八极,一切竟然全都融化在那清寒的灵魂之中了。"在作者的凝视里,"冬季是一个情人清纯的微笑。像一次亲切的问询,像一支深情的民歌……"

作者的语言具有音乐美、情感美:节奏或快或慢;情感或浓烈或淡雅、或忧或乐。当我们捧读《山城·色彩奏鸣曲》美文集,就是捧读色彩斑斓的"山城",就是捧读"各美其美"的"四季"。

(作者系中国散文学会会员,中国大众文学会会员,重庆市作家协会会员,某报副刊主编。)

序二

山城·色彩奏鸣曲

§赤

两江新区,朝天门楼群,高速公路网,立体交叉桥,空港延伸跑道,充满力量感的隆起线……

阳光——夏天的旗幡,如山丹丹怒放,与改革的歌声和青春的火焰一起燃烧。

亚洲第一雄伟的烟囱在电厂站起,化成一片时代的幻想,化成一种羽翼未丰的洒脱,化成一个开放的万花筒,站出了山城人火辣的性格。而今,烟囱早已消失,代之而起的是高科技的脱硫,脱硝。历史把烟囱存入了档案,我们却再次创造了历史。

山城火锅,山城小面,有色有味的梦,从山城棒棒军古铜色的背脊上涌出。

苍穹之上,高压线作琴谱,奏响江北机场运输线上音乐的旋律,起飞的生命,每天每天,犹如太阳的管弦乐队,声韵铿锵。

排山倒海的建设浪潮,在奔腾……

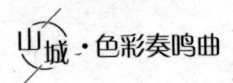

§橙

秋色如金,在呼归石上,在明玉珍墓前,在红岩村。此刻,阅读历史,阅读今天,阅读自己。

高铁机车和长安汽车躐过大地,轧碎黄昏的喧嚣。

柑橘园中,少女们五彩缤纷的春秋衫,织成一条条飘飘彩虹路,柑橘随着路,飞出山城,飞出巴渝,飞向世界。

长江和嘉陵江的波浪起伏,如出征驼队的骆驼驼峰;大禹、江姐、杨虎城、袁隆平……酝酿成传说,酝酿成收获,酝酿成香甜的小阳春。

成熟的季节,呈现着果实的收成与分量。

§黄

阑珊夜色,疲乏的汗悄然融进连衣裙和牛仔裤。

广场,一方绝妙又神圣的领地,舞步,把老人们剪辑成迷人的风景。

北温泉,四面山,大足宝顶……扮靓照相机,旅游鞋,江小白……一起坠落在重庆人那墨绿墨绿的心湖,溅起幸福的涟漪,一层一层,又一层……

欢乐,是多彩的霓虹灯,亮得光灿而丰美。朝天门港,巨轮酣梦,明日将连五洲之风情;重庆西站,铁龙栖息,黎明将孕八方之丰硕。

电视台的周末节目,叙述着重庆的沿革,解说着重庆的传奇……

周末之夜,是山城长长的睫毛。

§ 绿

二月,苏醒的喷泉打开了心的闸门。

山城的春天像一只小鸟,欲化为晨曦之一缕,执着地向远方飞去。

爱情的花手帕,飘落成一方方萌动的圆舞曲舞台,落在田间,工厂,学校,码头……

新华路,解放碑,观音桥步行街,三峡广场,涌动着潮水般衣着时尚的男男女女。

郊区垄沟上的茌茌新绿,如少女轻启的唇。

中央公园的相思,长江索道的渴望,铜梁龙灯的依恋,奉节季橙的期盼,犹如一组高亢的川江号子,沿着孩子们的纸鸢飘出的轨迹,飞向远方……

§ 青

棉桃一般温柔的滋润,晚风一般轻盈的拂弄,好一个雾重庆,好一幕重庆雾……

歌乐山默默地聆听着雾霭中运粮卡车隆隆的轰鸣,少女咯咯的欢声,掀起了两江新区重重的帐幔。

太阳在为山城歌唱,唱得云开见天。太阳雨中翱翔的白鸽自由自在，铺陈你青春期心之奥秘。

山谷中的纱雾宛若素洁的缎带，时逸时垂，时龙时蛇。阒寂的远郊，运营车队翻开了每日清晨风景的篇章。

§蓝

电弧光，它连接梦想翅翼，日夜在山城跋涉和劳作。

江北船坞，重钢工地，长寿厂区，南岸桥头……蓝色的光焰，踏着追求梦想的步履，在山城那许下心愿的小溪上往复。

春，夏，秋，冬，四座雕塑，轮流驻足于生命的复活节，作为一枚山城的图案，嵌进现代化的画框。

这如同大海一般的蓝色幻想，涂染了我们心中的一切——山峦，河流，原野，丛林，花草……还有，阡陌上的童谣。落在重庆人的心上。

这光芒即使不能成为火苗，也要成为天穹上不死的星。

而山城，到处都有在青春蓝天里飞翔的精灵。

§紫

仿佛，全世界都在倾听，山城前行的、笼罩着七彩光环的合奏。

山城的每一个人，都是手扶长虹的吹箫乐手。

吹哟，吹哟，吹哟，吹了几千年，如今换成了一支新曲，颂着新时代……

这乐声似瀑布，似山泉，如一湾清澈，如一泓柔波，溶溶澹澹，潺潺汩汩，坦荡怡然地流淌入人的心中。令人时惊时喜，时痴时迷……

　　乐曲的波纹中，荡出无穷的联想和无数的赞美，倾倒了芸芸众生，征服了古往今来的无数文人墨客。

　　如今，山城是历史与现代的七彩交响。

　　她亭亭玉立，焕发勃勃生机……

　　山城的乐手吹吧，吹今日之繁荣，吹明日之憧憬。

春之卷

春之卷 …………………………………… 1

三月花儿 …………………………………… 3
那年三月 …………………………………… 5
从前的菊郁 ………………………………… 7
亢龙有悔 …………………………………… 9
镂刻佯嗔 …………………………………… 11
四月柳笛 …………………………………… 13
四月芳菲 …………………………………… 15
相思雨 ……………………………………… 17
地久天长 …………………………………… 19
今年二月 …………………………………… 21
往事风帆 …………………………………… 23
何处梅花 …………………………………… 25
一本正经 …………………………………… 27
经过子夜 …………………………………… 29
瑰丽无常——写给春风 ………………… 31
一念在兹 …………………………………… 33
蓝色世界 …………………………………… 35
风雨往事 …………………………………… 37
蓝色神圣 …………………………………… 39
黎明的欲望 ………………………………… 41

拥抱广博 …………………………………… 43
生命烛光 …………………………………… 45

夏之卷

夏之卷 ………………………………………… 47

沾露忧思 …………………………………… 49
焚膏继晷 …………………………………… 51
往事如烟 …………………………………… 53
桃李不言 …………………………………… 55
栗色的瞳仁 ………………………………… 56
我曾走过 …………………………………… 59
岁月无瑕 …………………………………… 61
太阳雨 ……………………………………… 63
旧事如烛 …………………………………… 65
五月的思索（外二章） …………………… 67
端午如歌 …………………………………… 69
暮色绯红 …………………………………… 71
我不在意 …………………………………… 73
依恋千古 …………………………………… 75
饶恕我吧 …………………………………… 77
傲岸与困惑 ………………………………… 79
残夏意象 …………………………………… 81
尺牍往来 …………………………………… 83
偏离主题 …………………………………… 85
枉然进入 …………………………………… 87
和璧隋珠 …………………………………… 89

黎明的眼睛 ………………………… 91
月光心旅 …………………………… 93

秋之卷

秋之卷 ……………………………… 95

十月金秋 …………………………… 97
红色气质 …………………………… 99
问秋天 ……………………………… 101
小豆豆 ……………………………… 103
奔腾的流年 ………………………… 107
2016 催熟我的梦果 ……………… 109
水果王 ……………………………… 110
祝不胜诅 …………………………… 111
人生就是等待 ……………………… 113
树和藤 ……………………………… 115
临江大河鱼 ………………………… 117
梦冲塘 ……………………………… 119
翘望每日 …………………………… 121
梦中兴凯湖 ………………………… 123
车博士 ……………………………… 125
月光 ………………………………… 127
茅洲河的葱郁 ……………………… 129
向人生再借童年 …………………… 131
你的作品 …………………………… 133
如鸽放飞 …………………………… 135
斜阳掩面 …………………………… 137

冬之卷

冬之卷	139
逝水忘川	143
冬之温泉	145
甘之如饴	146
陈年光阴	148
憧憬蜉蝣	150
血色浪漫	152
冬藏	154
岁月无声	156
大势已去	158
一步三回头	160
沉甸甸的冬	162
把握人生	164
一笔勾销	166
万紫千红	168
"作茧自缚"	170
四季轮转	172
言近旨远	174
优哉游哉	176
恣意妄为	178
去似微尘	180
跋语	182

A，春之卷

春之卷

你的扉页上写着：魅力四射。

不是吗，这四个字是春天的专利。

你宛若大地母亲创造的幼雏，啄破了僵化已久的岁月硬壳。

一切生命开始萌动。

绿的醉人，白的晶莹，紫的妩媚，红的热情。

别总把春色比喻成闺中怀春的少女，其实，它更富有雄性彪悍豪放的阳刚之气。

山城中穿梭着微笑的轻风，像是一首别具一格的、动情的迪斯科，它的节奏如滚滚春雷，那是男子汉口中铿锵的誓言。

啊啊啊，这是帕瓦罗蒂的美声唱法，这是山城大地的胸腔与轻风共鸣。

是这雷鸣催下了无边无际的三月雨，流岚如霓，芬芳如兰，缥缈如雾……

雨水洗绿了山，洗绿了河，洗绿了世界，滋润了我们的心。

你是一朵野百合，在四季的画廊里，唯有斯浓缩了所有的俏丽和妩媚,开放得浪漫又洒脱。

轻柔的翅膀是你铸成的,幸福的美梦是你织就的,熠熠的辉煌是你创造的。

同时,你还轻轻哼着一支优美的歌曲,驱赶着残冬的冷笑。

你把所有人的心情镌刻成清幽的笛声。

你的凝视是矜持的,如一首宽慰的安神曲,一直飘荡在岁月的云端,没有你,人间将没有青春和欢乐。

你的目光是一泓潭水,所有的小溪都会流向你。

恋人在你的怀抱里奔跑追逐,爱情因你而不朽。

让我们打开啤酒桶吧,打开封存已久的酒窖,打开那发酵的思想,痛饮春天的蜜汁……

春天的金鸡以苏醒之啼,撞开沉睡的大自然,像一颗进军的信号弹,掀动了晨曦的微润。

你把春游的欢笑送给了孩子们,你把茵茵的绒毯赠给了情侣们,你把温暖的微风带给了风车们,你把桃林的少女醉成了俏佳人……

你把忙碌,写满在季节的每一天。阳光和雨露,没有忘记任何一颗种子,去壮硕一年年丰收的愿望。

既能白了李花,又能嫩绿新叶。

呵,我曾歌吟过你一千次,呼唤过你一万次,你盎然的生机,一直绵延到脚步所能到达的任何地方……

人世有变迁,草木有枯荣;唯有你,则永远在天穹间循环不已。

春天,你是我爱人的那方手绢,已叠印成我心中一片永不降落的帆……

三月花儿

春天自有春天的妖娆，三月自有三月的缤纷。我与季节之间的不了情，那就是你，三月花儿。

在花开花谢的岁月中，三月花儿犹如一片浩瀚的瑰丽，坦诚而直白。在清波逐浪的时光里，三月花儿好比一段生命成熟的开端，青葱而碧绿。

三月春天的窗扉，镶嵌了绚丽的光环，那光环迤逦成缠绵的情书，孕育了一个梦。三月花儿的潇洒，写意成杜鹃的啼鸣，那声音浪漫了青春的驿站，为春天梳妆画意。

为春天梳妆，你是一幅写生画的衬底，是一首迎春曲的憧憬。你是古雅诗篇中一迹酣畅的笔墨，你是万里水流里一刻喧嚣的生气。不，你就是你，三月花儿，你是花香馥郁里的一丛清逸，你为琳琅满目的爱情嘤泣。

我没有理由不爱三月，更没有理由不爱花儿，犹如鸥鸟憩于洁净潮湿的湿地。因为花儿在告诉我们：活着真好，生命就是美丽。三月花儿充盈希望的生机，大地万物在希望中苏醒。三月明媚的灵魂，满是深情，三月的杨柳和原野，生机盎然。

希望是一片季节的孤独，不可以用手触摸。而三月花儿是一颗甜蜜蜜的草莓，在口中浅出几多初萌的芳菲，更是一种孤独时恬静的慰藉。

其实，希望本身就是一泓花溪，不论你爱不爱我，我都爱你。如同道旁的草，悄爱天空的星。其实，花儿就是幸福希望本身，她热爱世界，世界因她更加美好。

一段斑驳陆离的岁月中，春风拂动了我的记忆，三月花儿在夜里忧悒地豪饮着月光，去为春天写诗。让悠长的岁月徘徊在人生，让初升的太阳彷徨在清晨。希望让早上的万物徐徐感受，希望使温柔的小溪浅吟低唱，希望教黄昏的恬静深邃神秘，希望令田园的青葱日渐成熟。

季节在三月花儿的恬静中舞蹈起来，那是《白毛女》，那是《小天鹅》，那是《梁祝》，那是《千手观音》……春天如船儿随波荡漾，花儿如美人香气四溢。山城如玫瑰倾洒芬芳，在三月灿烂绽放。

那年三月

春天的月光，水一样，将历史的印迹变得柔和。三月蝴蝶，在那年，更加瑰丽，从此永驻心间。

那年三月呀，季节彩灯将平夷之地的上空氤氲笼罩，我们像一群蝴蝶，从四面八方抵达人生此处。七七级的我们在一个历史上的三月相遇，从此紫霞烟涛，波光潋滟。我们举目远眺的人生灯塔，在西师校园临风而坐，崭新的亿万学子的高考之路，在这里如希冀之河烟波浩渺。

于是，那年三月，被历史珍藏，成了莘莘学子的梦幻之河、欲望之河、辽远之河。我们同班，我们同室，我们同在校园里如蝴蝶般采撷知识，可我们的年龄相差整整五分之一个世纪。于是七七级的我们成了"父子""母女"，差距一辈，但大家依然共同锻铸学业。秦皇汉武，唐宋明清，是他们在塑造历史，还是历史塑造了他们。不，那年三月，是历史在此岸徘徊了漫长岁月后的启程，那年春天本身就是垂钓智叟，而我们，是那历史的幸运者，是西师的春花秋月，是人生的思绪与理念的霞光，永远灿烂。

于是，西师校园又多出了一群汲取知识的拼命三郎，大班、小班，在教室，在路上，在饭厅，在宿舍，在一切可能的地方，我们都在追赶历史，追赶从前，追赶我们的人生，追到学习的彼岸。于是，第七教学楼成了不眠之楼，成了我们穷尽毕生光阴的哲理禅宗,为祖国和民族,为三月的春天,为即将一展鸿志的人生。于是,第七教学楼灯火通明,不舍昼夜的灵府都在探索深远历史,没有停滞。

那年三月,春天如同万仞深潭,将蝴蝶吸入了勤学的旋涡。然而,我们倚着哲人深思冥想的雕塑,凝望对面的缙云山。我们没有想过荣华富贵,封妻荫子,诗礼簪缨,钟鸣鼎食,牛马成群,沃野千里,勋章闪耀,灯红酒绿……那年春天,我们七七级只是学习学习再学习,努力努力再努力。

如今,七七级已成为记忆,成了电视台黄金节目的收藏。我们像月光一样,将历史再次漂洗,将一个轻盈欲飞的三月,铭记成往事的原野。

那年三月,已成为沧桑的方绢,云雾不语,校园不语。曾经幸运的我们,如今从世界各地,回到校园,聚集回忆。西师的春天,依然蝴蝶纷飞,依然星空闪耀,依然青葱碧绿。

那年三月呀,如人生礁石的皱痕,数一数,方可纵览生命的甘辛。三月仿佛一块礁石,我们伏在上面,带着春天的梦幻,你的名字就这样在我们心中明亮如炬。

春天的梦永远不会被冰雪冻僵,这三月蝴蝶,永远向往春天。想起那年三月,我们的血液会沸腾,簇拥中国梦奔跑呼号,如呼伦贝尔长鬃飘飘的骏马,驰骋在五千年史册上。

从前的蓊郁

当季节的河流开始用航次计算岁月，我的微笑和所有的爱情都成为桅杆上的帆，让赭色的四月在阳光下蓊郁。是的，从前的蓊郁，我不再会失去，失去了的，也会再次得到。

春天，你与河流交织得如此温柔，以至于我的苛求与抚爱生成了直挺的桅杆，更多的船儿木浆。它们在季节的背后冲出了旋涡，去与花好月圆握手。因为大地已然复苏，冬天狼狈地逃往生命的缝隙，他怕的就是从前的蓊郁。而春天正坐在礁石上，玩世不恭地看着这一切。她要让从前的，现在的，甚至于将来的那些露湿残垣的时光，全部欢乐起来，这是她神圣的使命，好比用音乐的意象濯洗我们的灵魂。

季节的河水呀，我把你看作是我的母亲，在童年的某个夜晚，我看清了你的古老。那是波涛深沉的祝福，那是浪涛以沉缓的节奏在祈求。也只有诗人才明白，那祈求的一定是从前的蓊郁。太阳站在你健硕的肩膀上，而春天一定懂得你全部的格言和训诫。我的母亲是那条生命的河，每日每夜从我心上汩汩地漫过，在她那慈祥的目光下，我用方帕把昨天心灵里的灰尘打扫干净，然后听春天在季节的窗扉上动情地唱歌。

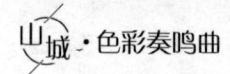

其实，在春天里，我曾幻想自己是一朵静寂的野菊，而这静寂，就是从前的蓊郁。不，她仅仅只是草木蓊郁中的一朵隐隐的小花，她形不成蓊郁。只有春天，才能翻遍季节所有的记忆，燕子筑巢，总会选择乡村里向阳的屋舍，一口水，一根草，一爪泥，那辛勤的飞翔方式，扬起了我们生活的风帆。

你若是想见识蓊郁，那就在春天的日子来吧，不是从前，而是现在。这是一座金碧辉煌的爱的宫殿，这是一片芬芳的花的草原，这是一块光芒四射的梦的土地，这是一片抛掷以往的爱的堤岸……那一定是春天含着娇羞，她用手掌触摸着野地里的花苞，手指间闪烁着的光芒，挥洒透明的雨滴，让世界灿烂。从前的蓊郁呀，你就乘着春天的花朵回来吧，回到放晴的天空中，回到升起的朝阳上，回到久久不愿踏上往事的堤岸，回到遥远的过去，迫近的将来……

亢龙有悔

  春天自有春天的招数，冬天自有冬天的掌法，季节的变换并不是《射雕英雄传》里的套路，说不上什么亢龙有悔。可是，春天，我躺在你的恬静里，品味汗血渗透的记忆，从夏天品到秋天，再品到冬天，那是一种怎样的劲头？

  亢龙有悔，意味着无须解释的跋涉终于走进了季节崭新的门庭，春天像天外净土上飞来的那只安详鸟，让梦想显得尤为珍贵，早已管不上什么有悔无悔。

  我喜欢镀金的霞光披散在春天的肩头。那柳树感受到萌动的曦光，很快就会将修长的青丝垂向大地。啊，这是朝阳沐浴的花开诺言，是静夜吹拂的风儿在与圣洁相约。

  我总在想，春天里应该种植点什么，种下夏日里的一缕阳光？种下秋雨中的一片落叶？种下冬天里的皑皑白雪？还是远行中帆上的一个眺望？叶子想落就落吧，阳光不再需要她的遮蔽。春天其实就是那片阳光，领着岁月走向灿然的彼岸。亢龙有悔，你还有什么话说？你像是一盏荒置的历史之灯，摇摇曳曳，寂寞践诺，像那春雨中无锚的搁浅，那祝福中与神明之间的沟壑……还说什么呢，我时常在黎明之前，醉卧在夜来香的怀抱，如同抱着佳人风雨兼程，目光总是看着一个地方，那就是春天里的桃花源。

  一片三叶草，一株无花果，亢龙有悔在很多的日子里

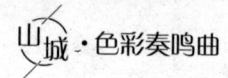

都在选择,因为她的心头储满了呼唤,她只是笑容落在了酒里,如同残月冷漠的嘴角里扬起那少见的弧度。

可是这是个春天的夜晚,是亢龙有悔切入了纯真,最终被淹没的,还是我自己。春天那永恒的微笑染绿了大地浑浊的眼睛,如果能把她融进酒里,便会更加醉人。在这个夜晚,春天无疑是一座快乐的岛,幸福的花儿开遍,汇聚在此,度过芬芳的一生……

镂刻佯嗔

你的肤色是翠绿色，与季节的眉毛相映成趣，伴着栗色的瞳仁。是的，你来了，从我的心田走过，带起一阵阵温暖的风儿……春天呀，是你在镂刻佯嗔么？你用花的友谊迎接绿茸茸的山，用春的雷鸣踏着长满忘忧草和双蝴蝶花的碎石路疾疾走来，还有那座静卧在薄雾中的小桥，都是你镂刻的对象。

四周很静，有多少送别，有多少离愁，都在此刻。是的，岁月被爱情蒙着面罩，开始都显得天真，当狂热的夏天过去，秋天会将一切变得成熟，冬天雪崩便毫不留情地将你埋藏。可是，冰雪更是披着那友谊的轻纱，因为冬天到了，春天还会远么？当冬的眉毛蹙起，你就会佯嗔着，让晶亮亮的小溪开道，走进季节的门槛……

春天镂刻佯嗔，有如天下初发难者，山川河谷都像是英雄豪杰，振臂一呼，"天下之士，云合雾集，鱼鳞杂遝，飙至风起"，当此之时，忧在亡冬而已。一切都那么恬淡，却又情真意切。春天就是一个坦然的镂刻小姐，使我这冥顽之灵如醍醐灌顶，去除那些雕虫小技。云海天涯，梦雾苍茫。仿佛是她首次依偎在你的怀里，把冰雪融化在爱的迷醉中，光风霁月，她亭亭玉立，难道还能让她骤然飞去？雨过天晴，明朗净洁，瑰丽无比。辽阔的蓝天下，你含笑

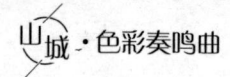

佯嗔，如醉如痴……

还是那春天里的乌云，比莎士比亚笔下的奥赛罗更爱怀疑，他怀疑你的佯嗔，仿佛要去揭开你缠身的雾帔，可是你的佯嗔是那么缥缈无际，令我流连忘返。不，你就是神州里的一叶海棠，熠熠生辉，发着青春的光芒，对他人的怀疑嗤之以鼻，你就是要让大地魂牵梦萦，对那些春天里少有的云翳雾障，不仅仅是佯嗔那么简单。你要让群岩叠翠，水曲回环，鸟语花香，春满人间……

当然，你的镂刻佯嗔也如桑间濮上的流行调，更好比傍晚的晚霞，让季节动了邪念。是的，傍晚，大大小小的人间罅隙里，升起缕缕炊烟，远看云蒸霞蔚，像是远眺烟雨蒙蒙中的庐山。怡然自得吧，春天也会走远，盛夏溽暑总会到来。这就是大自然的神奇之处，岁月的那倚马可待的写作功夫……

四月柳笛

你在如神话般的青春里丛生,笑看奇山好水,你的姿态端庄秀美,你的曲调古朴、圆融,你的旋律飘逸、婉转,你的歌声动听美妙。

上兵伐谋,攻心为上,不战而屈人之兵。你有两颗心,一颗是良心,一颗是责任心,只要你一响,山河起舞,你征服的不仅是季节,还有岁月。

北方有佳人,绝世而独立,一顾倾人城,再顾倾人国。柳笛呀柳笛,春天许你千羊在望,我看不如一兔在手。等过了这个月,就不会有太多的恩恩怨怨,因为你操心大事忙得白头,使得柳絮横飞。你有坚定的情怀,你有不朽的信念,朝夕之间,一下子又闻謦欬之声,你的岁月修改了青春的夕阳。

我是谁,并不重要。前途和希望,才是你的那道曙光,我好比是那沉沦在黑暗里的残桥,桥上人来人往,与你在四月里崖畔相望。

睡莲花开在小池塘里,宛若柔弱的孤女,一点点开合。四月柳笛开始扇动春风,睡莲便会乘着黎明去寻找那株古银杏,静待它撒下满地绿荫。

即使你不来,不来补缀我那被阳光之箭洞穿的百叶窗,我也当作你来了。不仅在四月,在整个春的季节里,

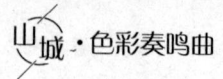

　　我会聆听你那如水清澈的声音，我那略显粗重的呼吸，都会被这一声柳笛洗得清爽轻盈。既然你来了，在四月里吹的声音若歌，我就是那爱的精灵，接受你的赠言。不要以为音乐都是甜美的，至少四月柳笛不是这样。她有如白天紧紧地咬噬着夜晚，在一片片柳叶瑟瑟之后，让人感觉春天也会在轻风徐徐中离去……

　　夜晚，总是闭合着冷漠的眼。其实，一半是清醒，一半是梦境，这也许是匆匆日月之行色。四月柳笛不是只会展现少女的羞涩，她的面容是隐藏在春天的缤纷花园，为不同的人、不同的心情缔造幸福与温暖。有了阳光和雨滴，这春日会更加美丽，四月柳笛的光影斑驳，四月柳笛的渐次律动，四月柳笛的清耳悦心，四月柳笛的守望许诺……我再不能说什么，说不出的季节展望，说不完的岁月情真。

四月芳菲

　　掩抑低回，倾声倾色。情往似赠，兴来如答。吴宫已叹芙蓉死，边月空悲"季节"秋。是的，这是春光明媚的四月，与曾经的秋风萧瑟相去甚远。风景何曾在虚空中苍老？时间的距离是生命的锈蚀链环，可是，四月永远是芳菲的，她绝非时隐时现的战栗般的星光……

　　春的声音，如日月交替，自始至终循环在耳，更如散落的玫瑰花瓣各有千秋，无序的虫声鸟语在噪鸣，季节曾经的漂泊已璀璨为霞霓。被岁月注视的时光琼海正以无感知的方式走入初暮，有多少寂然属于在世纪里徜徉的孤旅者。芳菲吧芳菲，她或为风，或为雨，而暗香浮动的屐痕，永远活在春天的心里。四月，一树相思在引领着大自然的原野向辽阔出发。

　　灯的光芒，洗亮了夜的脸庞。四月在春天奉献芳菲，浸润了岁月的肌体。物质不灭，则生命永恒。立足于崖上的石缝杉松，在热情地歌唱春天的清晨。我看到整个蓝天下，四月在体验春天的真谛，与其苦苦怀念过去的青绿，不如渴望新生的嫩绿。四月的心灵在冶炼自己，那是一枚成熟的灵魂，能够容下整个世界。

　　在四月的人生手册上，所有的人都行色匆匆。春风的到来并不偶然，因为她不愿意做臣服于大地的芳菲。四月

是一条河，希望之舟的纤绳拉扯那苍穹下高高屹立的巍峨山峰，为了找寻更雄健悍伟的笛膜，去吹响四月的柳笛。

是的，四月总是在微笑着奉献，她是春天里的芍药，圣洁了春天。我看到生机下种子在寻觅，芍药并不惧怕深埋地下的无垠黑暗，四月芳菲更是如此。是的，这里可以生长稻菽，也可以孕育善良。生活是一座山，岁月可以在谷底渺小，但是不能在变迁中忧伤。

人在春天，可以随着心底的潜流，飘往夏天，去掬一捧火热的夏风，四月芳菲却不能，她要去缔造幸福的花香，要让美丽成为风景线上的追忆。春天的阳光和雨露，请赐予我一言许诺，让四月的面容掩映在春日绚丽的色彩里，尽情芳菲。是的，因为春天的风儿，已将前方的路途清扫干净，岁月用佝偻的背脊肩负起朝阳的温馨，那是四月欢乐的交响……

相思雨

  我独自囿于寂静之中,不知是哪里的异样的声音在截断春的萌发？大地在行云流水地书写什么内容？那是一长串敲击人类心灵的梦幻音符,是在无序之中也存在着有序。相思的雨呀,你怎么在清明里来了？人们是不是想起了介子推的古老传闻,把为人为文的方式改变？

  相思雨,你毫不犹豫地用笔触碰撞着大千世界,那诸多牵涉感情的、恢宏而复杂的问题啊,在此刻能否求得解答？晋公子重耳喝过的那碗肉汤,在他所处的时代中独具意义,在现代化的今天却未必能阐述清楚。相思雨应该是一种对灵魂深度的解读,是季节大静脉的宣泄。难道不是吗？请看,她其实就是一种染有悲凉色调的雨,在清明节下个不停。而不是像有些学者强调的她是在感恩什么……

  春天在我们的生命中就像宇宙中的太阳、月亮、北极星,在时间长河中存在。清明节每年都会到来,因为冬天的火焰也会熄灭嘛,因为岁月的微笑也会停顿嘛。可是我不明白,为什么在相思雨中,靠近坟墓时,大地的呼吸会轻一些,哪怕仅仅是在墓园的入口。

  还是回到清明节来寻求答案吧。那些春暖花开,桃红李白,流泉淙淙,山清水秀,莺歌燕舞,嫩芽萌动……相思雨呀,你怎么把衰乱闷在心中？哀愁是醒着的,默默无

言的故土仍然在这里蠹守。

　　思绪中，沉重苦难的过去逐渐模糊，只有母亲的围裙在记忆里随着清明的风，微微拂动。如今，我像偷偷远离故园的游子，岁月已无情地榨去了我黄金般的青春年华，即使是震荡大地的相思雨，也无法表达出我眼中的花的世界。谁又能解开，相思雨留下的这个死结？

　　郁郁乡情，作痛了些许岁月，久久积累，打湿了相思雨的酒杯。于是，清明节永远也无法饮干这杯苦味浓浓的黄昏酒。晚霞消失的一瞬，天河的彼岸会泄下满溢的泪水，岁月积满的、看不清的苦涩。

　　相思雨，相思雨，你像几十年来母亲向我伸出的手臂，永远都支撑着我。还是让我自由地敲响亲情的殷殷红钟吧，让它路过香草蒲团上的焚香念珠，让心灵随之芬芳。在我岁岁年年思念你的清明节，再让相思雨的音符稠密地敲打我的心灵之窗……

地久天长

  我如同一个孩子,在梦中向妈妈哭诉:花儿依靠在树旁,鸟儿停留在窗前,休憩在不安分的夜里。我不喜欢地久天长,因为那不是人生路口的前方,在感情又一次雪崩之后,春天就成了我的伴侣。

  玩雪的孩子笑盈盈地等着我。在前方,有一处地方,那是静卧在一片朦胧中的激情。春的前奏曲成为大地的梵音,巍峨的青山上正升起万道霞光。听呀,春的雨丝在谱写春天,春雷在自豪中庄重地奏响,惊醒了生机勃勃的嫩芽。酥土的依然如故会不会是岁月向春天表达会地久天长的诺言,还是春天作为情人在等我?

  我和春天不仅仅是朋友,更是地久天长的男女朋友。我们没有如同孩子挥洒纯真的日子,有的是能用青春的薄酒去贿赂时光的机会。我们是一对向世俗挑战的情侣,没有任何疑问,因为这就是爱,这就是一枚枚嫩绿色的季节请帖,因为春天的确来了。

  我和春天同时举着一个普通朋友的牌子,可是我们的内心都知道,那不过是一个借口。春天用温柔的旋律奏响永恒的颂歌,在她天真可爱的时节,这便是天长地久。旁人只要拿出勇气和恒心,总有一天会抱得佳人归。可是我和春天不是这种关系,我们只是普通朋友。我和春天做情

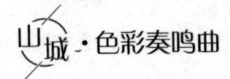

人没戏,但又享受人家的好意。

　　春天的目光正在浏览着嫩绿的大地,春天正在一匹匹纺织着季节的醉人姿态。我不会多想,此刻最重要的不是探询我和春天的关系,因为我们的地久天长已经在岁月那棵老树上筑巢了。有首歌是这么唱的:"我在你心中只是just a friend,不是情人,我感激你对我这样的坦白,但我给你的爱暂时收不回来……"春天,这就是我对你流泪的自白。还是地久天长吧。一个以为是普通朋友,一个以为是特殊关系,通常他人到这节骨眼儿,事情就开始复杂了。

　　复杂的只是房檐下白须老人的期许,冬天早就无奈地远遁,不必担心什么。老人们挽起袖口,用双手打开窗扉,迎接春天的第一缕阳光。阳光仿佛是桃花源中的少女,早已被春风悄悄地塑成了俏佳人,我不再寻找青山上的皑皑白雪,因为此刻的春暖花开,就是地久天长……

今年二月

炊烟在春意朦胧中升腾,人们在梦幻期待里憧憬,暗夜在曙色中慢慢隐退……

可是,今年春天二月没有婚事,全中国竟然没有一例登记,像季节喝醉了酒。人们没有喜酒去喝,村干部成了戴着口罩的"保安",而小区真正的保安则天天张口就是类似哲学家的问话:你是谁,你从哪里来,到哪里去?

今年的二月少了许多灯红酒绿,庄稼依然在春天里散发着清香,去为道路献出勃勃生机。谁也没有想到过,今年二月成了高速公路免费通行时段最长的一年。

二月,开始总是一树嫩芽,然后才是绿满枝丫。男人总会在春天去耕犁,去砍伐,去用劳作创造秋天的喜悦。可是今年二月不一样,许多男人居然成了家里的大厨和钟点工,包揽了女人们所有的工作,让她们放了个长假。

春天该不会是被谁垄断了吧?今年二月,方便面的库存已告急,而外卖配送成为生活的点缀,是因为口罩成了奢侈品。诗人们不明白,也不会去深究其因,他们自己也很难得到一只N95,而且,戴着口罩去搞创作绝非首选。

二月的春鸟呱呱啼鸣,最能表现相思,那挣扎于自己内心的思想浓烈而忧郁,可是今年二月却成了人们回家过年居家最长的时候。

二月的春雨淅淅沥沥，如同那无限深思，今年二月的家长们全都变成了"全职"班主任和任课老师。

因此今年二月，回忆起来充满了无奈，因为她的限制太多太多，希望今后的时间里，再也不会重来。

往事风帆

把春天的雨丝连接起来，拼成细绳，牵出太阳，让它放晴天空，这一片晴空存着我对你的思念。不管雨丝连接起来有多长，大地都能把它容下。这雨丝如同我的往事，久久也不愿踏上心头的堤岸。春天里列队的花苞，含着娇羞，让世界灿烂。往事的风帆，正在赶往花的海洋，把寂寞紧紧锁在心间。

送你一首暮春的歌谣吧，让那流浪的幽然情绪，融入强劲的季节风，缠绕着春天的雨丝。其实，往事不是风帆，而是初升的太阳。它哼着一首快乐的歌，沿着春天敏锐的目光，去打扫岁月的落尘。

春天，你知道吗，在你万物复苏的胸膛上，有多少往事沉寂着。许多日子的灯红酒绿消失了，夜夜月光如水如冰，那是美人在前年给我的书信。回忆的河流时不时泛起水花，打湿了往事风帆的衣襟，夕阳收藏了你洒在天上的余晖，向青年人慷慨地馈赠一个爱情的季节。

冬去春来，百转千回，往事风帆，你是悠旷之思，你是心中爱子，你是当风吹起的日子……

往事风帆，你如同春天雨丝，从天而降，滋润大地，随风而去……

余晖面对雪霁的黄昏，往事风帆，仿佛以奔跑方式诉

说激奋。如今，春光无限，你一定会惊醒这沉睡中的春雷。我会在心中久久地呼唤，并用泉水浸润双眼，将你的风帆载入一片秧地，往事就会从春色里浮现……

在绿色的季节里，往事不过是万绿丛中的一点，但是它已脱离了所有板结的命运，用梦幻哺育希望，去拥抱春日的朝阳。雪原上，春风拂晓，往事风帆如缕缕炊烟缠绵着春天，但是春天的脚步不会因此停留。

有风儿掠过，树叶沙沙，远扬如歌，檐雨滴落，往事风帆是那爱与美的风铃，打破了岁月眸子里冗长的沉默。饯语飘如柳絮，风雨愿为持盏，鸟声相继远去，村庄安详入眠。摩挲杨柳，蔚蓝天空，岸之晓风，随处是那往事风帆。

何处梅花

  小春此去无多日，何处梅花一绽香。是谁在苦练冬天的赞歌？香气以一片痴情点缀了这个季节，啊！梅花哟，诉说着一阵阵无悔青春的悄悄话。

  山林是寂静的，它将爱恨一笔而过，仿若唱着千古流芳的圣歌，思念着开花的春天，不，山林本身就是春天的使者，用梅香铺满冬原。

  秋风秋雨，本来就是夏天的延续，是续写的爱的故事，是回忆季节的标志。冬天寒风手中的毛笔，书写着陌生的悔恨爱词。梅香飘在心田上，吻落了一颗相思的种子，滋润了失落在冬季的胚芽的情愫。

  冬天是位天赋的歌手，日夜在吟唱。梅花以一片痴情追随冬原。"江南无所有，聊赠一枝春"，梅花咀嚼着寒冷的露珠，那是芳香在冬梦里相遇相拥时的冷泪。我心中的那一池被吹皱的秋水，分支为两道滚滚的河流，它们潺潺流淌着，觅着永恒的爱意，在冬天里奏响叮当的旋律，唤醒了腊月湿润润的寒夜。

  冬天带着落叶的请帖到来，想一想吧，在这薄雾弥漫的清晨和晚霞斑斓的黄昏中，梅香是不是会陪我们一起守望，去等待绿意到来。落叶的请帖呀，在夏之阳光随立秋的歌而去后，唱了几千年的悲歌。我踏着山城男子汉稳健的脚步,用阳光和汗水哺育,我的希望化作金色的收获之船。

　　一次开花的梅香竟然触动了"冰封何惧""雪季何惧"的心事。我应该把满腹荡漾的诗意化作一尾尾游弋的银鱼,去穿过弯弯曲曲的风雨之季,把爱塑成永恒的雕像,让欢笑声游荡于密林之中。在梅香面前,我怀着崇敬的心和真诚的灵魂游弋,任何私心都是亵渎。古老的神州,请唤醒我。我也不再把梅香仅看成执扇的少女,追求也变得高尚。

　　体会梅香,原来这是你心中报春的彩蝶,冬之歌咏唱,雪之琴悠扬,唱醉了花的痴情……

一本正经

冬天总是被时间一本正经地打扮成待嫁的新娘,时间准备了雪白的嫁妆,还有冰封的新床。这都是一首首岁月之诗,诗贵在抒情,而茂密的岁月森林,本身就有一本直通"抒情"的诗集。

春天好比一条温暖的归程,一本正经地听冬天的离乡之音渐次律动。与其追忆夏天的风马蹄声,不如掬起一阵西北风,细细品味匆匆的日月行色,感受一番冬天赐予的许诺,施施然地告别残冬。

而今,回忆不再是一种可以慰藉心灵的潜流,因为有另一种暗涌在血管里涌动,那就是在长满阳光的芳草地里,让春风尽情地吹你,让少女的羞涩在情不自禁中流露,让面容掩映于那一刻的春光。

梦笔生花的那一刻,春天早就从容拨动胸前的念珠,冬天无从驻足,岁月之桥风雨无声。世界本来就是一个大深渊,一本正经匍匐而行。寂寞的花儿在这世上,一点点开放,一瓣瓣落尽⋯⋯

我不知道这一切是你的过错还是我的,你对我的不屑一顾令我懊丧万分。我其实是在一本正经地理解季节的意义,并非打压冬天抬高春天。当然,春天娇美的面容常常使我激动,她像篝火在黑夜的帷幕下闪烁跳动。但是冬日

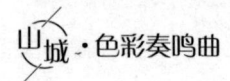

与我的感情依然浓烈,红尘以外,声响可闻。

我也知道,那并不是冬天的磬声,声响可闻的大抵是屋檐下挂着的一只山葫芦,一个老人在断桥边乞讨时在葫芦边喃喃着什么。或许是书上的语言?他面前放着一只残钵,原来是拍电视剧里的一幕,就这样一本正经地杀青了。两枚硬币是残钵里闪着亮光的眼睛,老人了无足音。

绝壁之上,攀着天国的五彩云,仙鹤迟滞了。春天跋山涉水,开始了攀缘。冬天仰起头,再去抓紧饮一口山泉吧,枯树无叶,可以御风。我不用再强调什么一本正经了,那样会陷入无聊的重复。岁月不是黑色的院门,它拒绝在被反复抚摸中生锈……

经过子夜

没有灯，只有月光在摇晃中送来子夜，那春天的小船终于划了过来。是的，春风自远而近，拨响了天籁之音。春风吹过山城窗前的那些行道树，如阵阵春潮在亲吻马路。只有冬天在急速地离去，远方狼似的长长嗥啸，可闻不可见。

子夜在寻求，寻求那雨的滋润，滴滴答答的春雨是从哪棵树后传来的华彩乐章？那是春天的咏叹调，也是一叶多情的风帆。帆影绰绰，擅自划进春的温柔羞怯的水面，不知在什么时候，你的心里掀起波澜，沉淀了你情感负荷沉重的日子。风雨经过子夜，还是你窗前的那棵树，它渴望了许久的青春在风雨中战栗着，周围的一切都变得邈远。迷迷糊糊中，春天就为树铸就了鲜嫩的胚胎，这是现实，不是幻想者的构思。

因季节每一次的撼动而饱含泪水，不只是期望，更是搏击，难道子夜章回就不能打动读者？你的读者是大地，你的读者是山城，你的观众不仅仅是在阅读，更是被撞开了他们被夜色封闭了的心。在渡过干涸的河流，走向彼岸的过程中，你担起了奉献者奉献后的分量。

要夺冠的眼神是坚毅的，度过了无数次的子夜，为了那必须实现的抱负，为了永远沸腾着的热血，如海燕一样

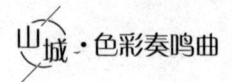

永无止境地飞翔，畅游波涛千里。

富贵荣华，诗礼簪缨，钟鸣鼎食，不过尔尔。啊！背负着用你的影子编成的乞哀告怜，你目光扫过的篱笆墙没有被嫩芽缠绕。子夜记载着一年四季藤蔓的寂寞，你不要嫌夜间风雨忽至，更不要嫌手里的伞破旧，只要心贴心，就可以无惧雷雨。

其实，这个季节本来就是爱与爱的构成，经过子夜后，你我并不会错过婚姻的信号。今天，我无法不紧跟你被雨水打湿的背影。春天的背影就在子夜，我多么渴求打开大门，我的姑娘，春天的少女，你经过了子夜。

还是绕开夜间的话题吧。既然春光明媚，在这大好时光，我们就到枇杷山公园去，到石子山体育公园去，到中央公园去，到金海湾公园去，到大重庆这个巨大的世界公园去……沿着春天的目光寻求快乐。

瑰丽无常——写给春风

温柔的翅膀是你用瑰丽无常的想象插上的。
幸福的美梦是你用瑰丽无常的柳枝赐予的。
浓醇的情愫是你用瑰丽无常的鲜花酿造的。
熠熠的辉煌是你用瑰丽无常的萌动铸就的。
冬后的田园,被你慢慢渗透,迎接希望……
离家的我们,被你呼唤回归,落叶归根……
古老的歌曲,被你交织悲欢,漂泊日久……
皎洁的月亮,被你笑语盈盈,清波逐流……

当我们的母亲把牵挂写在云间,瑰丽无常呀,你让忧郁得以栖息。

当我们的青春把时光铺展开来,瑰丽无常呀,你夜寻那五彩方绢。

当蜜蜂的追忆把山峦嗡嗡填满,瑰丽无常呀,你目光含泓泓池水。

当甜蜜的小夜曲痛饮春的蜜汁,瑰丽无常呀,红了桃李、绿了三月。

俏丽和妩媚是你的主调,你是永不降落的风帆。
摇曳和动情是你的微笑,你是人间丰硕的诗苑。
温馨和甜蜜是你的爱情,你是幸福娇艳的画廊。
安稳和静谧是你的怀抱,你是广阔无垠的原野。

瑰丽无常呀瑰丽无常，你把阳光雨露写成了每一天……

如一槌击中凤阳花鼓，让世界纷飞着桃花……

谁是那位系着汗巾的鼓手，那就是你，瑰丽无常的春天……

一只春天的花鼓，声若一峰空谷的回荡苏醒，瑰丽无常。

一腔绿色的音韵，响遍了神州大地春之苍穹，瑰丽无常。

一朵含苞的蓓蕾，似有几多的含蓄但无羞涩，瑰丽无常。

倾国千古的竞艳，唯有冰雪消融渲染着生命，瑰丽无常。

我不是瑰丽无常的死党，我是春风的奴婢，

我不是瑰丽无常的丈量，我是春风的风韵，

我不是瑰丽无常的爱笺，我是春风的体香，

我不是瑰丽无常的心扉，我是春风的草莓。

跌跌撞撞走进瑰丽无常的哲思和幻梦，让小溪录首长长的恋歌……

浓重了春风浓重三月浓重信仰和理想，让夕阳穿越绿叶和花蕊……

春风的欢笑酝酿了一个漫长的冬天，让春游走进了瑰丽无常……

我赞美绚烂我赞美春风赞美春之慷慨，让新春神圣成瑰丽无常的宣言……

一念在兹

一念在兹，万山无阻。

歌声在春天回响，两只冬眠的昆虫在石缝间伸展肢足，蛰伏的平静后它们又要开始游历，因为长江和嘉陵江的春潮在涌动。你在悠远的晚风里敞开心底的秘密，那是一个曾被满是葱郁的季节覆盖着的内心世界，告诉我，你那洋洋洒洒的流水哟，是否在预示着什么风暴的到来？那是曾被冬季覆盖的葱郁，现在要真正变葱郁了吗？

我们当然渴望一个建设的高潮，像高速路车轮般旋转飞快地拍动梦想翅膀。一念在兹，阳春和煦情，宛若河畔的草丛里飞越起高翔的梦想，在蓝天上盘旋，在水底里斑斓，在青春里亮相……诚然，春天的美酒醉不倒故乡的岁月。也许，只有在真正写诗的时候，我们才能感受到甘醇的过往。

你应该相信，天空中总会有颗星，上面写着我们的名字。当我们转身俯瞰大地的时候，我们是春天里长出的一个故事。山城总磨不开层层思念的浓雾，她默默的眼光，何时能把湿漉漉的雾气穿过？一念在兹的愿望呀，不用问，那就是汗水，那就是藏书，那就是精神。

故乡可以昂起头说，我们不为别的，只是为了那份意气风发的心事，在春天再次去开启世代躬耕父辈的脉动，

·色彩奏鸣曲

谛听直戳云天的威凛凛的呼号，万山无阻。睹物思人，永远会感慨物是人非，纵然是沧海桑田，我也只盼此爱无渝。不要忘记，身边的那几番风雨，几番所想，吐翠的季节更会有几番相伴日月疯狂。任清泉在我们身边铺展开来，那叮叮咚咚的音律在古老山城的窗前反复唱响，任春天的身旁夜夜挥舞雾都的那方手绢，走向万紫千红的盛夏。

还记得在朝天门来回摆渡的日子吗？是那渴望捕获的一念在兹，有鱼或是有渔？更是渴望彼岸早些出现悠远的源头，传来不息的自由的歌。于是长江波涛四起，我们把牵挂写进重重叠叠的大小山峦，那是属于我们的一段不朽生命。

我们不能为了一念在兹就吃在螺壳里，住在螺壳里，让一个螺壳就容纳了我们的整个世界。没有理想，没有抱负，没有追求，只是呼唤夏日之梦。你应该知道，现在是春天，离夏日还有一段岁月，在季节的轮回里，三月只是一个信号。其实我们并不明白一念在兹是什么，或者说不完全知道什么才是一念在兹，但是我们永远也不会躲进螺壳，在安然的小窝里禁锢生命。

春雨来了，春风到了，在享乐窝里生活的青春，绝不会闪光烁彩。我会永远一念在兹地望着你，山城重庆，你屹立在山峦上，你坐镇在两江中，威武雄壮，昂首挺胸，敢迎四季风暴，勇斗酷暑寒冬。这是春日之梦在热烈地呼唤你，万山无阻。

蓝色世界

你天天在拾回彩云,虽然你的行囊已然爆炸,可是你还在往里装填。犹如远古的斑斓童话,时时带你去徘徊书就春天子夜的章回。

蓝色世界朝你的心扉打开,你化作一匹美丽的牝马,昂然翘尾,奋蹄而去。云之丹青犹如牧歌飘荡,你那飞扬的烈鬃被残阳点燃,大地发出颤悸。当然,对于你,这已不是最初的故事,你的世界,无论其间,或者其外,都会永远被蓝色包含。

你天天踏过子夜的栅栏,去咀嚼自己异想天开的梦幻。我却敬畏蓝色,因为她和所有的人在共享一轮圆月,犹如嚼诗,嚼自己的忧伤,嚼自己的瑰丽过去,嚼自己的缤纷憧憬,或者是,嚼自己的阴晴月圆。

蓝色就是一切,蓝色就是欢乐,蓝色就是苦难,可是飞跃蓝天的空姐是甘愿的女神,这也是一种博大,更是一种奔赴。

空姐的蓝色清清白白,空姐的蓝色温文尔雅,没有邪恶,没有粗俗,只带着一种最原始的亘古和蔼,那是人性中只属于自己的远山和绿荫,在你蓦然回首的一瞬,由蓝色释放出的生命犹如巨大的栖落,浸透着天空的辉煌,山川为此倏然岑寂。

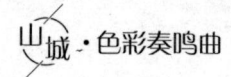

　　浓妆淡抹的春天，从你身边怡然踱过；炎炎如火的夏天，唤起日夜萦回的梦魇。硕果累累的秋天，带来曾经闪烁的复苏；冰雪乡愁的冬天，在蓝天飘出晶莹玉带。而你，却让自己回到当初，回到春风春雨的蓝色，回到曾经悸动而后平静的心灵，回到绿色和蓝色交融的世界。

　　朦朦胧胧，她如淡云里的弯月，那么像个小孩子，她在树荫里探出头来，在机场航灯里幽雅地闪光。她独自悠悠地来，又独自悠悠离去，漫无方向地走过雨中黄昏。她的思绪，或许已经到别处去玩耍，我不必在她脸上去寻找春风春晖。因为有蓝色在打底，她的眼中永远都会呈现一如当初的深情。

　　闪着白光的犁尖，深耕蓝色的世界。这是一片生机盎然的土地，从这里不断涌出河流山川，涌出对生命的律动。蓝色在这里挥动最神圣的旗帜，所有的空姐都在这里感受你的放声歌唱，感受你那梦中的主角，感受蓝色的诗。

　　不知不觉，蓝色世界就成了我梦中虔诚的寄托，机场留有我美好的祝福。花开的时候，她却选择了离开，抒情的时候，她却选择了庄严。假如所有雨季，都在展示失落，是否所有的中秋，都在走向分离？唯有相思树绿荫常在，我被北归的雁群催生出诗行拔节，她却奔赴蓝色世界，让醇厚的歌声在巴山夜雨中回荡。

风雨往事

你与晚霞同样炫目,你与星光同样灿然,你与晨曦同样青春,你与春风同样梦幻。在这个伴随风雨往事的傍晚,我在梦中等你,等你去一起春游,等你去一起静立,等你去一起凌乱。

往事常常令人坚忍,风雨中那些幽蓝的星光,不知在照耀着什么精灵?我因为有了往事的纠结,所以被她遗忘了吗?不至于吧,我问春光,春光不言。其实,她才是风雨往事中的美丽精灵,带着春天里嫩绿不羁的精妙,更如远去了春秋繁露的伙伴,只留下泣血长歌的清脆嘎叫。你可知道,这是我噙泪吞噬着的,犹如远去大雁洁白羽毛里透出来的殷红血斑?

春天的湖水是那么静,春天的水草是那么青。泣血的黄昏心向往之,愤然自己不同于明天的日出。尽管她是衔着生命的最后一丝光,尽管她知道窗外已不是冬天,雪已不会飘下来盖住大地,可她还是会想起风雨的往事。云飘过来,雨落下来,风与雨蓄谋已久,我们只能让夜的手掌伸展,感受着任凭夜在云之上翻滚着雨意,听凭雨声淅淅沥沥。

于是,春雨从天空的边沿走来,翻手是雨,略施小计也是雨,覆手更是雨,此时方能忆起风雨中的往事,不会

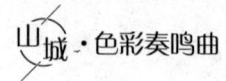

是爱情因为风雨而留下了泥泞的风景吧？相思的季节里，风来雨不停，这是一种爱情的方式，它得到了历史的诗人们首肯。

啊！那些雨下着下着就不见了，像极了我的青春。看来春雨和人性一样，都是有青春鉴赏期的，过了鉴赏期，我们应该怎样去定位自己的美丽？春天更应该如何去定位自己？都说堇色如歌，往事如歌，当然啰，落笔往事中，声传万户竹。其实，掠过的往事皆是人间风景，落魄春天才是人生赢家，何必要去呼唤雨水呢？往事是人生流动的盛宴，要知道，春天与往事的缘分总是在生死轮回。玩味春潮，才是风雨往事的最高境界，风雨往事的每一处荒芜，都可以重遇艳阳……

蓝色神圣

　　酣然入梦的你呀，你呀，往前走，我知道你不会流下晶莹的泪，因为春天里的绿色比梦中的酣然多更多，而神圣的蓝色，更是一种随手便能抓到的串串诗句。只是我没有诗人的气质，只有感慨蓝在我心里尽是大海，尽是爱情，尽是说不出的神圣。或者说我的眼里尽是感叹，天那么蓝哟！

　　我还有什么可以忧伤的呢？我还有什么可以绝望的呢？春水是那么静，春草是那么青，静美的青中带着神圣。既然生命如此厚爱春天，我就抱着这个季节的新月，去憧憬每一个山城的早晨，去野茫茫的山乡寻找青青的日子，去穿越季节的屏障，把蓝色写进骨髓，写进凝重，写进幽深。

　　其实，我只是一艘生命航船，但我的内心只能深藏，万不能示人。不是我害羞，而是我自愧。那些走过来的青春日子啊，神圣又美好！我的青春琵琶啊，任季节弹奏。仿佛是十九世纪早期法国浪漫主义的散文诗创始人在祈求，是他的《夜间的卡斯帕尔》在祈求一场大风雨。那是春天的大风雨，难以实现。

　　场景转换是写诗的跳跃手法之一，于是，酣睡不醒的历史书本被神秘春天之手悄然掀过一页，又一页……

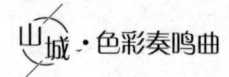

　　我的心儿正像那些在湖畔警夜的白鹤，被一阵阵春雨以注目，那不是春雷。春天里的一切都莫敢言，只有那噼啪的响声，才能以目示意。如今白鹤又来到了山城的两江栖息，在江津长江大桥，在沙坪坝中渡口，在朝天门码头，在更多的江畔……它们时而迟滞心潮，时而惊叹呖叫，时而振翅翱翔停留。这些白鹤对于文学语言的运用非同凡响，它们被惊起时的长鸣，仿佛髹漆之句，写不尽留有余地的花落，写不尽观赏者眼目中的幻觉。

　　心潮余波渐平，春雨滴落檐前，蓝色的神圣却挥之不去，祈绿者和祈雨者都是春天的使者，让季节的钟声回荡，宛若黑暗雷雨天的一座灯塔。

黎明的欲望

　　生命的血液在层层喧腾，那是春天以最初的名义昭示光明。解放碑的钟声如同灵魂融进回归的天空，仿佛种种色彩在膨胀黎明的欲望。城市与江岸相峙而立，山城在春光的冶炉中淬炼明世警言。这一刻无限，我闭上眼，用生命去为春光流淌。

　　哟啊，跳跃起来吧，把你的手臂波涛般摆动起来。随着黔江广场上的摆手舞，钟鼓敲响了，把你的身姿融入美丽的岁月，让属于家乡的青春跳动起来。在春天的阵阵歌声中，希望被播种了。天空的明净和大地的深沉在默默地燃烧，是的，他们在寻求黎明的欲望……

　　且歌且舞中，人们解下了围巾，脱去了大衣。是的，春天来了，历史把她神秘的命运赋予迤逦东去的两江，她狂啸着，奔腾着。在长江和嘉陵江中，追寻芳心如梦的季节匆匆而过，那是山城不眠的足迹，仿佛叩响千古苍黄的福祉，撞开梦魂弥合的沧桑。歌乐山风在幽幽地切分脉搏的和弦，这就是欲望，这就是黎明。

　　我总以为，走过了那些青春的日子后，就可以纵情地用自己的笔去耕耘，可以随意地在稠密的思念中潇洒穿行。用可贵的心血，去点燃那一颗颗晶亮的星星。任性的芬芳，跳跃在春天绿意中，化作一行行优美的音符。我知道，这

是在为永远前进的动力写诗。紧握自己的手,紧握手中的笔,你就永远握住了永不磨灭的记忆。我采摘了整个山城向阳的鲜花,编织成了一个最美丽的花环,赠送给了黎明的欲望,把诗歌和爱情送给读者,这是我深埋内心的愿望。

把天给你,把黎明给你,把霞光给你,把甜蜜给你,把火热的胸膛给你,把风雨交织的颂歌给你……此时,我才是处在极为幸福的季节里了。因为黎明的欲望,伴着春天或是声声震耳的雷鸣,或是道道刺目的闪电,抑或是晴空万里的蓝天。我们在宽广的土地上,在美丽的风景中,驾着汽车,双休日行驶在高速公路上,奔腾出千回百转的诺言——把山城的河流排列成不变的方向,向着执着复兴的目标,向着铭刻生命的悠远,向着律动的风景线,飞翔,飞翔,飞翔……

拥抱广博

她被大地遗忘了吗？她虽然辞别了天空，气势磅礴地拥抱广博，但她永远不会是阳光在女人眼里的泪。她是洒脱不羁的精灵，她是万丈光芒的人生，她是美丽劲翼的依凭，她是水草幽蓝的相思……

拥抱不仅是怀念爱情的一种方式吧？相思的季节里，风来雨不停。黄昏，你就是那只心灵受伤的小天鹅。尽管今天的阳光已到极限，尽管明天早上才能看到日出，阳光的拥抱依然会从夜的边缘悄悄走来，犹如春雨点点滴滴在心上流淌，流淌成我们点点滴滴的人生。

而广博总会是春寒料峭中的雪粒，闪耀的白色光芒铺天盖地，你会相信这是在春天么？春天里的雪粒，总会比冬天温暖。当然，这算不上什么广博。方寸之间，窗外依然是春天，雪粒下着，映照着明月一样的光芒，这才是真正意义上的广博。是的，此时无声似有声，这更是一种广博中的广博。

其实，拥抱广博是一种求生的寻觅，死而后生。仿佛黄昏衔着那丝最后的光，在一瞬之间轻轻地落下去，蓄积生命中的极限，犹如秋水那么静，草坡那么青。人的面容掩映在春天缤纷娇艳的色彩里，让我们面对面地望着，此刻，无须语言来表达。在与春天真正相爱的时候，那些多

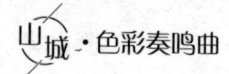

情的诗人只会苍白无力地祈求：来，亲我一下吧，亲我……然而拥抱广博有如列车的呐喊，春天将乘车南下，宣告我们应该是时候挥手告别了。你怎么拥抱她呢？你怎么还能形容广博呢？不用说，这些都是诗人的梦中帆船，在想象，在寻觅，在盘旋，在等待。

我的心儿是很小很小的船，而广博是很大很大的海。把春天的眼睛想象成两汪湖水，去大海里寻觅那片清澈。一颗心悄悄归隐，才能使执着的等待成功。这时候，我就可以去放心拥抱了。诗人梦的帆船，是一颗少女抛出去的芳心，一刹那拥抱的呼唤如鸽哨般划过心上的线，我相信彼岸那春雾覆盖的地方，会有我们的摆渡人。

春天那稚嫩的脚丫，坚定地走过座座大山，向着历史的深处跋涉。但无论如何她也走不出属于四季的那扇门，就像我走不出情真意切的故乡，走不出风雨征程的风景，走不出广博的拥抱，走不出人生与道路的重叠。

生命烛光

我能读懂枫叶红透的季节,就能知晓春光如梦般遥远。因为生命的烛光里有无法走进的小窗,那是我梦魇中绚丽的彩虹。我用生命爱你,用沉默爱你,用忧郁爱你,用诗句爱你……蝴蝶会在花开的时候采撷惆怅,缔造幸福与痛苦酿成的遐想。我与生俱来的情思四绽。告别残冬,掬起春色,听你的胎音渐次律动,那是一种温暖的许诺。

既然承诺了,就会有蓦然回首的那一刻。因为远方的大海,已用台风把道路清扫。好比我们追忆秋天,秋的脚步却已不在视野显现,春天既然已经降临,就不必在意另一种季节的风格在血管里的涌动。生命的烛光里有心底的潜流,这好比少女的羞涩如夏风中摇曳的荷花朵朵。

鲜花的盛开,是春天对岁月的贡献。她以明媚的姿态,在春日的时光里,绽放出生命的色彩。长江中雄浑的浪自远而近。一缕春风,几曲行板空灵,立是青青丘陵,行是曲曲山城,是时代中那条漂泊的弯弯九曲。风雨的行程将沉重的脚步写成苍古的风景,往事如烟,还是生命烛光踩成的一个个脚印,成为山城真武山美丽的象征。

分久必合,合久必分。但是春天就是春天,没有什么必合必分,因为生命的烛光已灿然淬炼成青灯白卷。一颗颗殷红的相思,一页页陈旧的历史,一段段情真的故事,

　　一辈辈人生的开始……最终会有璀璨的眸子紧贴山城夜的脸庞,那是城市华丽的夜景,那是帧帧影像中的重庆,那是李子坝穿楼而过的轻轨,那是幻化出的故乡那蒙眬的眼睛。

　　爱情的旗帜不落,爱情的声音永恒,她们就站在无声的世界,她们就随炊烟袅袅升腾。人与路早就写成了爱情,故乡才是我永久的情人。情为生命烛光而生,情为生命烛光而宁,这不是动词与名词的区别,这是寻觅伊人的帆影。于是,我变成了一支生命的花萼,如同蒲公英,飞到何方都是失重的空灵。

B，夏之卷

夏之卷

　　夏日如柳丝，在季节的窗户上氤氲地挂着。蓝天，一碧如洗……

　　我的瞳仁中，揉进了你的火热。艳阳在头顶扬起晴朗之帆，啊！那桅杆，是大地父亲的手臂。

　　是轻风解开了船缆么，阴影将父亲和我的距离渐渐拉开，思念沿江追逐，追逐那只在我心中停泊了七十年的小船。

　　流火的山城土地上生存的，当然不会是短暂的星。那是太阳在用金色的雕刀，凿刻出的一代又一代开拓者，那是夏天的子民站起来了。在两江的滋润下，那被历史风云铸就的鼓突肌腱，一如裹着炽烈岩浆的玄武岩，其中集聚着无穷的力量。

　　我的父亲啊，我的山城大地！我歌唱夏日，因为那是父亲的小舟。

　　你的夏日晾晒过苦涩，听着凝重的川江号子，踏着波诡云谲的人生，在垂金的夕阳下，沿弯曲的河道前行。父亲举起的手臂，一如生命之舟的樯桅，矗立在我心间。

那檑桅从沟壑深处和土丘背后扛锄而来,从川江黄色的瘗崖背着破烂的网罾而来,循着那条远古的雄性之河而来,乘着缕缕低哑的山歌旋律而来,驾着悠然恬静的炊烟而来,带着湿绵涔甜的相思而来……

于是我们从贫穷走向富裕,从梦想走向现实。父亲啊,你在阳光下耕耘了一行行黛色的辛酸诗,最终孕育了我们这个茂盛的家族,你胸前的肌腱炫目地隆起了健美的线条。川江哺育的雄性风呀,通过夏日的父亲之吻吹进了我灼热的心。是那无比慈祥的先辈,在我面前站成了一座座雄伟威严的大山……

夏日如一个庞大无比的哲学命题,令人思考。

天空正如水流过般晶莹和洁净,艳阳流泄不尽的原动力,让花儿更娇,树影更幽,绿水更秀,月牙更清,蝉声更悦……

夏日,世辈都举着太阳图腾的旗帜,赤足趟出了一条通往幸福的道路,他们用肉体与大自然较量,才会具有火一般炽热的感情。

啊!多么好呀,这火热,不仅仅是缪斯的指点,也是亲爱的父亲的关切。

水流动发出声音,树断裂发出声音,果坠地发出声音,夏之卷是什么声音?

我珍视每一个突然降临的疑问。

沾露忧思

　　夏天，我是你放飞的那只蓝色风筝吗？你的高山雄浑，大海宽阔。你有如太阳那样，沿着季节的期冀，在沾露的忧思中翩翩起舞。而夕阳就是那个九月柿子，还没有成熟，居然就青涩地开始恋爱，宛若夏天的少女。

　　少女笑着，因为你的黄昏，湖边留下了一个爱的季节，我为什么不能参与其中？我的少年就是沾露的忧思，所以我要与精心修剪垂柳的夏天相遇，期待，让爱的希望，和夏天比比热度。

　　这热度燃红了空气，燃红了思绪，燃红了季节，也燃红了黄昏的风景照。余晖敲响暮钟，那是太阳的梦魇。我依然摇摇晃晃地飞上蓝天，因为我是随风的、袅袅婷婷的风筝，我要缓缓地在夏天梳理，梳理蓝天上的云彩，让沾露的纸鸢，在忧思中飞翔。

　　铿锵的节奏，那是沾露飞行的音乐，飘逸只是它美丽的外表。我知道，你的音乐来自少女的琴键，犹若散文诗中飘落出灵魂的内核，去追寻读者的心。读者的忧思，在早晨的苏醒中打湿露水，掘出横的深度，纵的发展。

　　我不明白你沾露的泪水如何敲打在长满阳光的种子上，这是夏天，永远都不会吝惜阳光的夏天，所以季节大可不必忧思。因为阳光不仅可以使潮汐盛开花朵，还能够

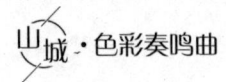

埋葬风暴。太阳是永恒的，沾满露水的雷鸣，总会在跫音震颤中过去，而光明才是那时代纯洁的肌体，永远展示出美丽。

　　大地呀，你的露水每天都是新的，而忧思，则如一些石头，被你的目光温暖着，如一群孩子坐在天边，在那里等待黎明之船。太阳下山之后，我会去倾听夜的每一丝声音。新鲜的露水不会使日子蹉跎，世界会因朝霞亮成一盏灯，它如银河之岸醒来的歌手。

　　那往事，早已经物是人非，我不知道夜里的歌声是不是在早晨离去。在夏天美丽的园子里，有我的母亲和爱人，她们与沾露和忧思无任何关系。只有那启明星传出新生命呱呱坠地时的胎音，抱着艰难的岁月，移动出一片美丽的朝霞，如诗一般让孩子们吸吮。

焚膏继晷

　　火烧云袅袅娜娜，如纸鸢般从夏天的怀抱里飞出，捎给晚霞一个绚烂夺目的彩梦，或是一个翩翩起舞的期待。我不在意，我要顺应季节的叮嘱，让炎热烧红空气，烧红思绪，烧红夕阳……烧红我心中每一个亢奋的音符。因为，我在写诗，我不怵季节的惩戒，我要焚膏继晷，恒兀兀以穷年。以夏日，继秋天，太热了就去会会朝霞，问问韩愈，与这个大文学家聊聊天，主要就是聊聊焚膏继晷。

　　夏季，有如火爱情的季节。解放碑在此刻如同一根老人家的拐杖，在蓝天下撑着夕阳西下的余晖。她头顶的时钟，又如同春天的黄桷树上纷洒希望的枝叶，让人懂得珍惜，学会宽容。是的，那些在夏天更加茂盛的枝叶，朝夕之间，一下子又能以謦欬之声相闻。然而，岁月总会修改昔日的青春，分化朋友间曾经共振的心灵，本来是相濡以沫，却在秋天时变成刻薄的诛心之语，关于命运自身的认知，发生撕裂。此一时，我还是需要焚膏继晷，只有这样，才能与这个季节举案齐眉。

　　为何竹山不眠？不仅仅是在夏天，青山不艳，更不仅仅是在冬天。我不甚了解季节的语言，只觉得一段段往事难以忘怀。笑看竹林如绿水，拂尽了缠绵，巴山夜雨为何又尽是眷恋？其实，我没有白等，我等到了季节的这杯喜

酒,尽管喝起来冰冷如同这孤独,但还有这些夏天的新婚礼物作陪。今夜月光正明,我不用躲躲藏藏,焚膏继晷吧,我永远不会再奢求什么。我已经没有出路了,对于久别的故土,我早习惯问候一句别来无恙,就当作今日是与季节的大婚,可我不能行叩头之礼,只能三揖尊谢高堂。

"不是花中偏爱菊,此花开尽更无花。"其实,你就是那夏天的太阳花。含情不忍诉琵琶,几度低头掠鬓鸦,多谢夏天有恩爱,肯持重金赏荷花。太阳花与荷花,你们就是我心中的吴侬软语。虽有人面桃花的娇羞之妻,但不见肺腑真诚,又何称恩爱?此刻仍须焚膏继晷,我们才能为实现信仰一路前行。

往事如烟

　　即使天天行走，今生今世，我无论如何也走不出情真的故土，走不出季节那扇门。往事如烟，我曾经拥有的童年随炊烟袅袅而去。乡恋其实就在夏日，一年四季，齐刷刷的火热成了季节的欢声笑语，往事如烟。

　　如烟往事中，突然幻出了母亲蒙眬的眼睛，我知道，那是关于故土山城的梦境。华灯初上，母亲的目光温柔地注视着我。我走在都市，然后走进人生，再回首，却被母亲的眼睛再度牵回。

　　夏天在这往事里吗？那年母亲给我背上行囊，恰恰是在火热的夏日，我来到山城，坚定长成了灿然的花蕾。乡恋长得像一个季节，更是一条人生的长河。在祖祖辈辈深情的目光里，河水依然如故，故乡会是永远的真情，宛若那初恋的情人。啊，我会是你每晚临窗的星星。

　　灯的五彩，永远会洗亮夜晚的眼睛；我的往事，永远会写出真挚的诗句。烟雾还没有消失，在那些无声的世界，听一夜我那飘落的回忆。

　　河流永远弯弯曲曲，往事永远飘忽云天，如烟的四季，夏天不过是故乡美丽的躬行，她低垂了阳光下的柳树。季节用那灵巧的手，举杯问李白：先生仙逝后，夏天的美酒是不是应该变得火热？是不是应该变化成白色，黄色或

是红色？那季节的色彩和这往事相比，会不会只是轻烟一缕？我在山城夏日的酒吧，品着白酒、啤酒、红酒。小酒盅酌，情真意切。夏天的小酒圈定了一个狭小的世界和一个不羁的魂魄。

往事在夏日里集聚成悠然恬静的炊烟，循着那条长江的浪潮而来，循着古老的岁月而来，循着夏天诗页降临的相思而来，那是涉过忘川之海的游子在山城里的风雨征程。

这种在夏天的思潮有如滚滚滔滔的大海，往事不会在夏天里使人生神圣，更不会在夏天里使恒定的思路斑斓。我一次次梦中站立，看金戈铁马，看地久天长，夏天此时在我眼中是一条潺潺湲湲的河流，请你划来一条小船，为我留住载满星光的永恒。

桃李不言

　　天上的云霞一片一片，组成了少女的笑靥。你没有发现繁星那闪烁的悸动，迷魂以淡泊凝视云端的慕艳。

　　桃李不言，是因为夏天来了吗？初夏如柳丝，在季节的窗扉上毵毵地挂着。蓝天一望如洗，那是因为孕育着雨水的云朵孕妇，已在太阳下分娩。啊，这不是桃李的芳菲在春天停泊的小船，应该是生命的呐喊，应该是川江哺育的健美在召唤晾晒的苦涩。

　　游艇还会向前，因为河水不能停在桥南路，更不能将岁月沿江追逐，用太阳金色的雕刀去雕刻人生。桃李不言，它们是以生命之航程在缕缕嘶哑的山歌中缄默。

　　我歌唱罢，春天又会迎接夏天，我怀念突然降临的每一个疑问。桃李的灵魂不会言语，但是她会翻动夏天之书页，那书页如裹着岩浆的玄武岩，被历史风云积聚无穷的力量，象征希望和缪斯。

　　桃李不言，风起于青蘋之末，却发展得威壮而风流。夏日如一个巨大的哲学命题，很快就能占据你的全部思维。诗歌中的《夏之卷》应该如何阅读？如何构思？我们沿着季节小夜曲的哼唱，去寻找生活之舟的樯桅，下自成蹊。

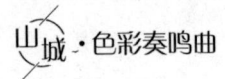

栗色的瞳仁

　　你是季节展现的小桥，眉毛狭长。你来了，冲破了春天梦魂的各种徜徉，还有各种彩霞的踯躅。

　　踏着长满断肠草和蝴蝶花的碎石路径，你终于传来了季节的消息。那条静卧在弯弯月光中的小溪，有多少离愁，有多少送别，现在又在说什么？是不是季节的交接？你为什么这样不庄重，不严肃？只是定做了一阵蝉叫，交办了一场炎热，你就完成了你的使命。

　　四周很静，绿茸茸的山，晶亮亮的小河，还有雷阵雨不期而至。花香鸟语都显得很天真烂漫，只有晚霞会在不经意间变戏法一样成为火烧云。你可以狂热地爱着大地，狂热地吻遍天穹，总之是你，用狂热去将云雾涂成金黄的如醉如痴，成为升腾的冰激凌引得孩子们心动。

　　是的，狂热是你的主题。你栗色的瞳仁里永远找不到春天的温柔，秋天的成熟，冬天的固执。你的瞳仁里有的只是英雄豪杰，辽阔蓝天，瑰丽神州。神州如一叶海棠，熠熠如炬。为什么你瞳仁里乌云总在翻滚，闷雷子立，天旋地转，暴雨如泣。

　　我不知道是不是应该喜欢这份狂热，更不知道是不是应该为你浪漫赋诗。我只希望天天有风光霁月，有雨过天晴的明朗天空和彩虹。其实，彩虹不过是你瞳仁里一弯彩色的小桥，我为你歌吟朗诵是否值得？我心中紧张得挥汗如雨。揭开你缠身的舞妙，原来你不过只是开了个季节的玩笑。你宛如一个迷路的旅行者，山险林深，百兽出没，数十里渺无人烟。当你出得谷来，一双疲惫的眼中，又腾起希望的峰峦，如月上中天。那时绿雾顿敛，月挂树荫，谷风消然，使我这冥顽之灵醍醐灌顶，茅塞顿开。

　　情意切切，梦雾苍苍，雄伟的山川，层峦叠翠，峰峦入云。恁然一声，傍晚把氤氲褫夺。蔷薇在七月盛开，街窗外的风景闯进你栗色的瞳仁。枝条偏爱抖擞精神，此时此刻，我还是怀念春天。只有春天，才有着夜深人静的沙沙声，啊，是一场春雨。它柔软地窜过丁香丛，天空便会绽开馨香的湿润，那是一种感觉像年年岁岁在戈壁，再怎么缺水也会因此死而复生。不为别的，春雨的温润，就是足够的理由。

　　其实，也不能只怪罪你的热恋，因为那是栗色眼睛的喃喃呓语，因为那是季节变换的节点，更因为那是秋天的必然铺垫，是冬天的丰满孕育。如果没有你博大火热之胸怀，就不会有秋天的丰硕，冬天的晶莹。是呀，其实，你就是青春的沃野，犹如摊开的手掌。你伸开五指，原野就在其上，有如民族的胸襟，充盈着火热。我们能识别你的每一条河流和山谷，就如能识别自己的手掌纹。

　　我崇敬你那栗色的瞳仁，因为千百年来你都是季节的长盛不衰的护卫者，用那绵绵不断的堤岸，为季节保驾护航。一行垂柳，一阵惊雷，一袭暴雨，一片湛蓝，一季高温……其实，这都是太阳雨的一场飞花逐春，是季节在涨

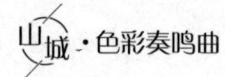

满。还有那太阳风自大地掠过，其中也有季节的暗香浮动，笑语盈盈。

栗色的瞳仁呀，是季节的温存甩出了一长串火热的惊叹，黄裙子，白裙子，红裙子装点了你的挺拔身姿，渲染着季节的秘密。栗色的瞳仁哟，是摇拽的美丽裙裾引爆了芬芳的笑靥，长筒的丝袜炫耀着挺拔的姿势。这个季节是少女的专利，更是少女展示的时光。陆离的花伞如伸开了情人的柔指，少女最痴情这个季节，写诗赞美也不怕春天的嫉妒。

我曾走过

"昆仑之高有积雪,蓬莱之远常遗寒。不能手提天下网,何忍身去游其间?"宋朝诗人王令以暑旱苦热辽阔胸怀。从古到今,时光终于显出炎夏的面孔,我曾走过。

夏天是一部史书上坚韧的装帧,古雅的兴致从未把知识的海洋填满,无崖学海永远在他方,我的笔描绘不出你沸腾的阳光,我更逃不出你蔚蓝的天边。一年四季,我曾走过。

她的思念,是在望不到边的海疆中天穹的白云涌起的浪的喧哗吗?夜晚总是看见如白鸥羽毛的月色,那是万里长城,现代祖国最最壮丽的花环。心之红鬃,我曾走过。

那可是汗血马一步步走过,留下的一个个汗淋淋的喷鼻,好比夏天,劳动者草帽下的缤纷笑意。我的笔挥动,甩出去的痕迹就是汗血马的鞭痕,浸湿了哪一片土地?倒下去的,绝不会是我的气节,因为从理想到图腾,我曾走过。

是一个秦始皇凝聚的墓碑,是那一束束美女的黑发,还是壮汉颤动的那根神经,化成一片燃烧的马鬃。长城如这盛夏一般,在不断地延伸,延伸到茫茫的历史,再延伸到我们的沧桑时日,倚着冷月,一钎一锤地凿进圣贤的私欲。那是出卖灵魂的文人,在深夜里让星星流泪。让独守空荡荡的房屋的女人,破碎了花好月圆的美梦。泪雨滂沱,

我曾走过。

自作：天公见玉女，大笑亿千场，李白短歌行，时光太漫长。天生骄阳差相似，撑住盛夏是此枭，枭雄一生多斗志，天地解除星辰墙，星辰陨兮日月颓，天公何时有歌扬。心无隐含，捻指响亮，玉女投壶，我曾走过。

火热的诗句，有你的日子，我不再孤独。夏天使潮汐盛开成向着曙光的花朵，那往事的道路在伸向我，我曾走过。新鲜不会使日月蹉跎，吉他和歌手一同在银河之岸醒来，她便是那美丽的音乐，一直在人生的夜晚响着，她的瓷音会震颤曙光。

我仿佛在走一条被夜潮淹没之路，我在寻求什么？我的夏天绝不会是只有阳光，我在看着大地上滚动的罗盘，那是匆匆忙忙的人间。罗盘里有夏天的光彩夺目，有夏天的方向机，有一片光明的肌体。我在山城这座美丽的都市，轻轻呼唤银河系那尚未醒来的歌手，因为，我曾走过。

我将会去倾听夏天的每一丝声音，我要去埋葬风暴，让山城在心中显示出激荡。让夏天在人们的眼睛中温暖着，温暖每一片天空，温暖每一寸艰难的岁月，然后成为树荫下那厚厚的叶子，每一片叶子上心花怒放，是的，我曾走过。

岁月无瑕

在火热的夏日,任何令人心碎的事都会变得淡如云烟,因为,我只是一条岁月长河里银光闪闪的鱼。你的骄阳,系在那高高的云端里,你的欢乐,就是人间涌出的热潮,再化作劳动的汗珠,去装点季节的窗。

太阳在天空安静俯瞰,我却在苦苦寻找那段无瑕的岁月。此刻,你的太空已经幻化为一首小诗,浮动在我漫长一生中最华丽的日子之中。我不想对你说什么,但是我常常在沙场的动荡中,寻求你的传奇。你的光明,就是你的眼睛。让我用腮尽情地呼吸,你引导着我心中人生的韵律,去与你合奏世间最悦耳动听的和弦。

其实,我不知道我在说些什么,因为你还是你,照样发出炽烈的光辉,仿佛是夏季刻骨铭心的诺言,让长江在回声中流淌。嘉陵江不会在夏季的脉管中传递悸动,可是会在我的心海中划动双桨,挑动一波一波粼光。

人喧哗的一生中,是不是需要无瑕的岁月?如果有这样沉重的心理,我们不如去到天边散步,去采撷片片悠闲的白云,去把奔流的时光变得皎洁如水,让时光不再找不到归宿。把白云作为在夏风中的披肩吧,那样,你的回眸都会是银河中单纯的欢靥。我会在很远很远的地方想你,想你纯真迷人的阳光,想你黄昏时娇美的羞容,和那火烧

云般幻化的荟萃。

如果在秋天隔着重重的雾蒙蒙的回忆，夏天就会隔了重重的梦境，穿梭梦境后到满天繁星中听动人的歌唱，那是银河系的大合奏，动听得震响宇宙。不要再去迤逦什么岁月无瑕了，太空中不会有迤逦这个词汇，除非银河真的决堤，把白云变幻成羊群。

树和藤是多情的伴侣，阳光和夏天是无瑕的岁月。只有在秋天和冬天，你才会漾成云烟，将世界化为迷离的幻影。我猜测，我再也不会找不到你，你会化为一种壮观，一种飘逸，一种如那瀑布水花飞落四溅的得意。

泉水应该是经过了无数次的碰撞，才能变成季节的心，变成夏天的魂，还有那黄昏时牵肠挂肚的彩云，更有那清晨时晶亮珠玑的霞光。如果说是这样，那么岁月中还会有瑕么？阳光风流，夏天风流，你让我联想起李白那段千古绝句。于是风流托出了诗的幻景，用凝视，用设想，用惊讶，用偶然，用几多甜甜的吻，去掀起一场诗篇的波澜。

其实，岁月无瑕更是一场幸福的际遇，好比与密友深情的长谈，好比摘野花幽香缕至，好比无与伦比的年前菩提，更好比一场光彩照人的精神之汐。

太阳雨

　　微风追赶着西方，天际的在天之灵不语。瑰丽云彩拂起夏日的裙裳，山城如一株独自盛开的野百合，在太阳雨下绽放。西方的火在燃烧，燃烧出一片云的火，孩子们的教科书上叫它们火烧云。

　　轻轨列车在山坡仰望，仰望那湛蓝蓝的天上的白云变成彩色，向它们悄悄挥别。披散长发的长江伸出情人的柔指，一直伸向海边，用后浪推前浪。

　　太阳雨潇洒地吹口哨，吹出温柔的芳菲，遥寄给一个柔美的梦，那就是你，长江桥头的春夏秋冬。索道在《人民日报》的大楼上滑向远方，引来梦里犹存的夏季。和煦微风，芳草野花，如今的城市笑语盈盈，暗香浮动，引来天下游人。那是山城的流彩溢出，是一个太阳雨的故事在朗诵。

　　陆离的花伞纷纷走进都市这幅浓彩重墨的油画，画家在惊叹太阳雨的魅力。那是少女们的节日，那是裙裾占据了美丽的堤坝，洪水和太阳雨混在一起，展示着长筒丝袜的挺拔。太阳雨呀，少女们的专利，因为少女最痴恋夏天，因为那是太阳雨跌落人间的诗稿。

　　太阳雨从天而降，这是在暴殄天物吗？因为夏天总有一个火热的故事，都无所谓了。就如微风一样，总是会匆

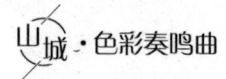

匆忙忙，去了也就去了，留下的才是能写下的诗句。太阳雨的诗篇，是一片青春的沃野，还是将它留给美丽的少女吧，它如长江引动我们的心潮。

是呀，太阳雨会冲决心之堤岸，让火红的夏日流连忘返。睡莲开在小池塘里，那是一种夏天的惬意。季节本来是一个深渊，但夏天是一座桥，桥面上人来人往。五彩云在绝壁之上，春之歌早已离去，那位神仙的在天之灵不知在哪里了，留下的只是空空的磬声，在我们心中落满。

太阳雨翻动一页页无声的历史，山城在这里系着我苹果一般红艳的相思，相思中有一朵五彩云，像阳光落在水面一样渡过我的心田。

旧事如烛

　　五月的新婚燕尔，不会是陶渊明的田园诗篇在歌唱霞霓吧？旧事如烛，布谷鸟感慨着夕阳的美，叫喊得如同被后羿射落的那只无翼鸟。是的，这个季节的诗，像是见其首不见其尾的神龙。

　　既然夏天如此厚爱生命，我又何必在乎那些旧事？天真蓝呀，蓝得我顺手一抓，就可以抓到节节笔直的信念。那是烛光在映照我的未来吗？其实我无法体会那些从岁月里走过来的静静的日子，幡然听见一个熟稔神圣的声音，那是如烛的旧事在扰乱夏季的新月。

　　月亮并不是夏天才有的专利。夏天自有夏天的多梦夜晚。春天其实还没有远去，那是一个醉人的季节。我不需要在春寒料峭里对手哈哈气，因为春天的红唇依旧丰润，并没有残冬的意象。好吧，总有些令人想用目光去编织旧事的烛色。眼前是太阳在发送炎热的请柬，是否赴约并不是人生里的韶光，韶光总以她青春的薄酒去贿赂夏季，换来的必然是恬静。

　　恬静的日子绝不会导致季节的苍老。苍老的日子可能并不安然，夏天从母爱的港口驶向岁月之溪，这不是山城的两江所挂念的。长江要在春天的路口徘徊，而嘉陵江却要在夏天的幻觉中寻找天真，我还是努力做一个诗人吧。

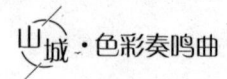·色彩奏鸣曲

哪怕旧事如烛,我也要以一个古色古香的姿态,去做一个触礁文学的水手。

利害攸关的炳烛之明呀,旧事算不上情焰难灭的青蚨。人生可能会遇到很多很多的青蚨,但是有没有并不重要,重要的是她能产生多大的作用。当然,如果青蚨的心尖尖在渗血,那就莫要再去歉然地说什么烛光了。那不是一个旷达的季节,而夏天则永远是一个健壮的男子汉。他从来就不抵牾心虚情怯的敛衽行礼,因为他不必吝惜词汇丰富的火红,夏天就是太阳的专利。

不痴不聋,不做阿家翁。猝然相遇在任何人也无法选择的季节,旧事不要再提吧。烛光会突然熄灭吗,潜台词不会在我的诗里,每一个独具个性和生活经历的读者,都会有敲击心灵的答案……

五月的思索（外二章）

　　仿佛并不是很遥远，当年在天安门广场，大海一般深的希冀，蓝天一样广的追寻；在五月，凝聚成一颗绚丽的太阳，伴着祖祖辈辈的梦想，织进猎猎飘舞的红旗。

　　于是，一年一年，中华民族怀着火热的愿望，用镰刀和斧头，锻造一个伟大的主题——劳动。于是，暖暖的细雨，轻轻地流过桃林；于是，青青的春风，多情地淌进沙漠……

　　啊！我们渴盼的心田哟，被五月的灿烂洗得透明。用劳动，去刻下我们的征途吧！用汗水，去滋润古老的历史。从后之来者到祖先的步履，从层叠的空间到时代的轨迹，勤劳的诗篇，早已成不用诠释的历史著作……

§ 仰望

　　五月，是一卷叙述不完的故事……

　　靠卑躬屈节写稿成不了大亨，摞摞废稿可以作证。

　　曾几何时，摆摊设点点缀着现代的文明。风流巨贾和浓烈的酒味，如同卷来卷去的浪花，把沙漠和蓝天搅浑……

　　但是，我们并没有为意外的失去迷乱，我们没有为疲倦的欺骗叹息。

五月在思索，为了失去的，为了得到的，为了早已开始的，为了还在痴痴追求的……

给我们一片火热吧，春去冬来，几重霜染，五月，是我们热切的呼唤。

§ 回声

那黄河之水在暮色中静静流淌，那民族色彩在东方的霞光里讲述的娓娓梦境，那澎湃在多少志士贤哲胸中的滚烫血性……五月，你将随着这磁石般的向心力酿制成一种祖国的珍珠之液——奋斗之歌吟。

当然，我们不会忘记"德先生"和"赛先生"。生活，总在五月涌起一种烙烫心房般灼热的渴望，令每个灵魂都饱噙温热的泪水。

海潮涨落，浪涛来去，五月驾着潮汐，把希望、聪慧、寻觅、期冀……融进劳动的怀抱，托起跳跃的生机。

在五月，每天太阳的初升都是光明的序言。

历史在进行，主题在进行，生命在进行，青春在进行……

不，五月是诗集，太阳以她的命名渲染时代……

五月，是人类艺术最动人的光辉。

五月，永远是一首悠远不朽的律动，是在神州大地上的劳动之歌声……

端午如歌

让你在冥冥岁月里，弹响年华。让你在沧桑古脉里，驮起启示。所有的日子都萌生出串串思辨，所有的时光都闪烁出箴言。

时光的幽梦如手，横亘于永恒的瞬间。远岩在天边驻守寂静，群星在梦中奏响期待。只有端午，不顾如此无憾的相伴，只有时光挥洒不尽月华的平淡。

龙船刺破大风，静立在回归的自然，鼓手紧扣着意味深刻的葱茏心弦，走就走吧，岁月的缄默绝非缄默，它迎风发狂如风雨雷电在大地奏响。

端午悬挂在人们的仰望中，再有一丝鸟啼就会把她震落。甜蜜紧扣在江山的齿缝，任凭她滋润。长江和嘉陵江在久远多情的洪荒，不会像端午那样乳酒如琼浆。你粼粼的波光跳动，温情嘱托，带我感悟那几千年的朦胧心曲。

啊，奔涌的涛声是岁月不朽的灵魂；哎，翻腾的浪花是世纪壮美的诗章；哟，漫漫的长夜是黎明芬芳的归来；嗯，年年的端午是日历远行的孤单。

不过，端午可不是欢乐的日子，她有着自己沉重的步履……我不会为端午写诗，更无能力去为她吟唱，我只能去迎接古老圣洁的月光，因为华夏的节日实在是多如繁星，生我育我的祖国母亲呀，端午令我心潮充满哀思。

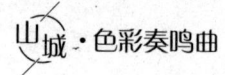

　　如歌的不是端午，更不是上千年的羁绊和哀怨，如歌的是不再复返的江河。那条风雨痴情的、绵延不绝之江奔涌在我们心上，我们听江水谆谆教诲，听它在沉甸甸地翻滚着浪波。

暮色绯红

　　你的沉默仅仅是为了曾经许下的诺言吗，你的目光如水，那是无言的大海。我喜欢暮色绯红，在夏天干热的炙烤里，无论如何都会是在咀嚼灵感，不管是在清晨或是黄昏，思维在高温下都是绯红的美色。而暮色很奇怪，她常常有着温柔的目光，我见犹怜。我猜想，这是一种宁静后的博大。

　　博大使生命不知不觉地律动，千回百转，好比在蒙古包里喝酒，那是主人炽烈的心意。而夏天早已成为我至交至亲的朋友，她的胸怀如同这喝了酒的蒙古包，早已向我敞开。是千里马跑到地平线吗？怎么突然抽下了几片很低的云朵？刹那间，朝霞就升起来了，那比山丹丹花还要艳丽的绯红不是暮色，而是牧马人的响鞭套住的那轮旭阳。

　　套马杆总也套不住的那轮旭日哟，正在绯红霞光的簇拥下，向着天穹去寻找属于自己的金辇。她要登上金辇，然后去欣赏世间一切骑士的骁勇。那轮火红的旭日，正如一个民族燃烧的赤诚，如同流在血管的酒浆，烧灼着去追随露珠鲜亮的风儿，采集着季节的诗篇。

　　早晨其实也会在暮色绯红中熟透，如同解放碑的古老钟声永远不会沙哑。那钟声敲醒了开拓者的困惑，那是在阳光的冶炉中淬炼出的警世名言。高高的长江索道上，响

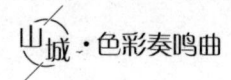

着李子坝轻轨的歌声，犹如青春的手，拨动了苍老的琵琶。

而你，我深情的爱人，你将是一只小鸟，在夏日的暖意里飞不尽。因为暮色绯红，你的酒窝里全是朝霞，而绯红并非暮色所有，它属于凡·高、贝多芬，属于用心血开路的跋涉者。在暮色绯红的一生中，我等待的歌者呢？我等待的星辰呢？我等待的钟声呢？我等待的呐喊呢？她们都在绯红的颜色里吗？我在残阳浸红的峰烟里接受浊浪的拍打，郁积的欲望如同排空的巨涛。

浑浊的江水是那空蒙的倒影，在山城，一个没见过大海的孩子，在江边山的倒影中酝酿感情。她不是一条情感波折的小溪，她贮存着企盼。是的，暮色绯红是闯荡中发现的动魄蜿蜒，那蜿蜒为排空的悠长如何在心中挣扎？那悠长又如何束缚着斑驳的象形字，在孩童的自豪里成长为一片帆？

我不知道这个暮色里有没有长江那样宽厚的故乡，那个故乡又在怎样低诉衷肠，绯红绝不是一条情感波折的小溪，她有着故乡山亲水情的殷切期望。但我仍在痴痴地寻找，寻找那独自囿于灵动的万物生机，寻找那现实或浪漫的白昼与光明，寻找那永远挂在记忆橱窗里的纷繁命题，寻找那暮色绯红里的人类心灵。

我不在意

　　黄昏即逝的瞬间，我不在意。可是肩负着沉重而苦难的夏季，却欲寻找晚霞，去为自己的母亲裁剪一条带有杂色补丁的围裙。我搞不明白她的母亲是春夏秋冬的哪个，我只知道在夏天郁郁乡情最可能随隐痛的历史飘移。

　　乡愁总是喜欢浸泡在酒杯中品味疼痛，夏天却不是这样，她更喜欢火热的表白。虽然沉醉在眼前的花花世界，她一杯又一杯，可能是把春夏秋冬的集会当成了自己的同学会。喝不尽的是人生，醉不醒的是夏日。而今，面对永恒地微笑的太阳，晚霞的本身，就是那条母亲的长裙，何以需要裁定？季节呀，你忙忙碌碌吧，我不在意。因为我就像一个背着母亲偷偷远离故土的孩子，岁月早已无情地敲诈了黄金年华，夏天也在劫难逃，因为不管喝了多少，她永远都清醒地思念那片土地。

　　那片土地在云里雾蒙蒙的，我闷在心中的，更有那说不出的哀愁。不可能是因为多愁善感吧？我的眼中积满苦涩，因为所有的风花雪月都很直截了当，没有一点矫揉造作，更不会在意一个人的失落。

　　夏天呀，我就是你窗前那永远不会安分的夜，你在意我吗？我还是我，你还是你，不过，你给我的火焰般的阳光，真实得令人汗流浃背。是的，你真实地存在，但像是

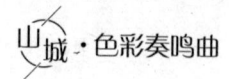

个梦,一个季节的梦。我在寻找你的梦,时空中充盈你的阳光,我只是在世界上另一个地方沉淀,与你无关,所以你大可不必在意。

夏天总会有无风的日子,蝴蝶会在花开时带我去寻求用心血炼成的诗句。那时候,你就能读懂我的惆怅。你那些被季节点亮的透明的相思,可以拥有世间一切,就是不能拥有夜。我不在意,你的细雨渐沥,这与夏天的雷雨闪电大相径庭,当然,这绝不是你的性格。

其实,我并不是不在意,你就像初浴后的晚霞,那么红艳。仿佛已经远离大海的长江和嘉陵江,留下了这片枯滩的残骸,使生命不知不觉在这里沉默。我忠诚于我的石头和沙砾,就这样暴露于光天化日之下,我能更多地看见那条奔腾不息的河流。

千回百转,我走不出你执着的目光,那是季节的霓虹灯。墙上是那幅微笑与吞噬的壁画,我望见了,干涸的滩,光亮的卵,还有卑微的乱草。我不在意,你可是我心灵深处的蓝天。我感到了你的律动,这是一种夏天的博大,更是一种握住了不曾有过的契机的感觉。季节呀,你总是咀嚼着更多的灵感,让我看到了更多隆起的风景线。

依恋千古

我行走在一条被夜潮淹没的路上,有你的日子,我不再孤独。我有阳光背负着土地的肌体,在你的光芒之下,握紧你从季节里伸出的手,那是夏天的新蕾。

新蕾,都是在春天展现,可是你的新旧交替,那不会是历史赋予的。因为你表面沉静内心却充满火焰,你是启明星的千古的梦魇,梦中的小酒窝更是我的千古依恋。

对比那些千古的往事,新鲜反倒使日子蹉跎。那教堂的歌声响着,你抱着艰难的岁月,移动出一块美好的地方,让人们去想象,去把空白的诗篇填平。千古往事并不都是生离死别,还伴有光明和歌声。于是,我不得不去握住你从历史里伸出来的手。

于是,从季节和历史伸出的手紧紧握在一起,我只能让歌声响着,犹如那产房里飘出来的呱呱胎音,在轻轻呼唤从天际银河里醒来的歌手。

光明的跫音是不会消失的,尽管,黑夜依然淹没着我。我也会去认真听取夜的每一丝声音,即使再没有什么样的手伸向我,我也无怨无悔。

夏天的青春呀,你有春天一般美丽的花环。千古的往事不用再去依恋,因为你的太阳光实在是明艳。

一颗千古的心灵,早已从煎熬中浓缩了感情,这才是

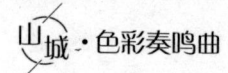·色彩奏鸣曲

　　大自然创造的真实的人生画面，从来不对依恋抱任何幻想，没有祈求，更不用在火热的夏季去怀念温暖的春季。只能像立足于石缝岩上的杉松，虽然只占据着点点弱土，却会拥有整片蓝天。

　　夏天总是带着火热的，走过去，就收获阳光。物质不灭，生命永恒，留在土地上的足印足以证明自己的存在，难道让感情死灰复燃吗？不必了，仅留一个疤痕。

饶恕我吧

假如我走过你目光的银河,夏天,其实你已经把我的灵魂征服。你的阳光从早晨就开始期望,一直到黄昏,一直紧紧地搂住我的头,快速地随风旋转。啊啊啊,饶恕我吧,你去哪儿?为什么会离我而去?阳光,你就是夏天的风帆。

你的美丽影子很可爱,你在浑浊的海上不屈地远航。你出发了,我根本就来不及思考是否应该为你送行。你孤独地远行,留给我的是朦胧的河堤,还有那与爱之帆摇曳的缥缈。夜正阑珊,我愿意夏天是一棵相思树,阳光是你的叶子,我愿你的叶子天天飘进我的土地。你走了,留给我的是惆怅。

其实,多愁善感并非夏天的性格,是我不应该把你拟人化。饶恕我吧,阳光雨露啊,总在我的心中发芽,因为我也在苦苦期望,当树木和露珠醒来的时候,应该是清晨了吧?好比天边那黛色的小木屋,一百次为你敞开,一百次为你关闭。阳光的梦,就是夏季圣洁的青年时代,无眠的夏天有着她恒久的生命力,有着恒久散发的能量。

从哪里来的玫瑰青春,从哪里来的梦境残片,我从夏天的眼睛里,寻到了生活的方向。一百遍闭上双眼又睁开,一百遍呼唤你。饶恕我吧,心崖的壁石林立,阳光是一支

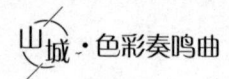

动听的船工号子,一直在散发河滩的芬芳,青春腾飞起来,季节腾飞起来,世界腾飞起来。

夏天不是圣贤,但她脱离世俗,阳光总是比一切醒得更早。世界走在你的倒影里,我的前面是歌声,身后是沉甸甸的诗稿。饶恕我吧,为什么我要在心之荒原上去开垦?有了你,我才发现自己好想做一个诗人,天天在那神圣无比的"诗刊"上发表创作。啊啊啊,还是饶恕我吧,为什么我不是那片云,夏天的火烧云,一直漂浮在雨后纷繁的黄昏?

夏天的心境,如同那水下的黑石,一直在沉默,显示出内心丰蕴。阳光仿佛是那条从身边默默流走的小溪,就这样在未知的前方,徘徊出另外一个忘记了归心似箭的灵魂。啊啊啊,饶恕我吧,让我忘了归程,忘了在水一方。你站在对面河岸的阳光下,是在温习着冬天的寒冷和枯黄么?再次请求你饶恕我吧,因为我实在不愿意生命在那金黄的向日葵里烧灼,去变成人们口中的消遣。

饶恕我吧,饶恕我吧,我不想在节气中漂泊无助,让我紧握住夏天的阳光,共同拥有欢乐日光,去与阳光融洽在一起,去更新每一次诗情画意,去永远期待爱的深沉,爱的凝聚。

傲岸与困惑

　　滋生的日子,请不要问我有什么愿望,我只是在思索,傲岸与困惑是不是夏天袒露的青春琵琶?不过,猜想毕竟是猜想,既然季节如此厚爱大地,今生今世无论如何都会有朵虔诚的浪花,会向我伸出友好的纤纤之手,在信念中向我微笑。

　　我知道,我就是你窗前最最不安分的夜,既无法走进你的小窗,也无法读懂你的惆怅。还是让我就这样远远地对你沉默吧,因为我的傲岸与困惑和你不一样。你是季节的贵族,我是季节的平民。你是季节的蝴蝶,我是季节的花粉。

　　如果有一天你消失,但你在我眼中依然是真实,因为你的傲岸与困惑,早已深深地扎进我的脑海。如果有一天你再次出现,你依然会是我梦魇中那道最绚丽的彩虹,因为我只是一叶迷途的方舟,永远也寻不见你岸的尽头。

　　夏天已经走来,春天渐渐远去,阳光流过季节的眸子,傲岸与困惑会展开优雅,如那溅起海岸的回声。红红的太阳笑逐颜开,太阳的笑脸上绝没有是冬天的冻伤,爱与美的喇叭,吹响光明。你是那只我梦中的艅艎吗,你要开往何方?远行是你的专利,那种属于阳光的专利,永远不会是缥缈的幻梦。

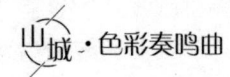

　　一片缠绵的云朵,在夏天如一只美丽的凤凰,在蓝天上空隔着玻璃窗,唱响一支忧郁肃穆的安魂曲。田野静悄悄,在夏天的早晨,鸟声已经远逝,河流的琴弦喑哑,只有你的傲岸与困惑,在季节恍惚的思绪中,仿佛树籁在远飏如歌。理性的光芒是蝉鸣在挥动手掌,思想的寓所中,有深绿的背景。

　　夏天的蝉鸣其实是夏季的起床铃,把人们的梦扯得如一片零星的岛屿。夏风就是那奔流不息的热血,铿锵的誓言回荡着。傲岸与困惑在安详地睡去,人间万里帆高,舻舳照旧出发,谁在此时还有乡愁?我们饮不尽的,是这杯醉倒在眼前花花世界的酒。

　　在若隐若现的圣洁教堂大钟下面,一群大妈正在如鸽子般扇动翅翼,那分明就是在跳动她们的傲岸与困惑。而我像那些在湖畔警戒的白鹤,心惊肉跳地数着她们的跳动步伐。突然爆发了一声霹雳,是我那挂在墙上的吉他弦断了。夏天的大雨真真假假,总夹杂着雷电风沙,倾刻,太阳隐入云端,将我那本沉睡在书桌上的《中国诗人》翻开新篇。

　　月下钟楼,酣睡不醒的书本被夏天的神秘之手翻得场景转换,她的文学语言运用非同凡响,超过了人类所有的艺术家。我不由得钦佩,她能把一场从天而降的"髹漆"之句,写得细节精巧、颇具气势。余波渐平,雷声远去,雨过天晴,花落枕畔,或许是某种幻觉,留有令人深思的余地。

残夏意象

在这神圣的季节，博大的蓝天是秋之前奏曲，他以坚韧的旋律奏响永恒的颂歌。

一道阳光照来，如同你的激情，你就是那个醉人的季节吗？恬静，静穆，庄重，芬芳，仿佛一枚金色的请帖，邀我去感受青春和天真。

我不知道秋天在哪里等着我们，是不是又会在一次雪崩之后？可是这是夏天，哪来的雪崩呀？那就必定是阳光开始在山梁上那棵老树上筑巢了。但太阳并不管这些，她仍然在一片朦胧中自豪地静静升空。她还在等毛毛雨，还在盼望下一次花期，她相信大地依然会用绿色去贿赂。我却不知道，那个季节会不会如同现在这样迷人。

秋天是一定会苍老的，我心向往之的季节也一定会从冻土中悠悠地伸出头来。秋天还在岁月里孕育着，人们在憧憬那里的成熟，期待收获硕果，夏天还在徘徊。夏天在蓝天上，在黄昏中，在彩霞里踯躅，在火烧云中寻求丰润的红唇，在向大地掷出满天的心语，在季节前方的路口，静静地等着我们。

其实，这就是残夏洒着火热情绪的日子。她静卧着，回味昨日的韶光，清醒地从季节的虬枝间慢慢立起，寻找着从春季接班而来的躬身如犁。她倔强地耕行在季节，太

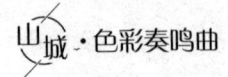

阳把自己坚毅的伟力和拳拳赤心全部奉献给了季节,等待诗人的笔写出更有哲理的诗篇。

太阳便会从那诗中涅槃,从那里回味昨天的岁月。残夏是背负夕阳在回眸,她是阳光滑过天际的一缕余晖。啊啊啊,那是多么纯洁而丰厚的思念。夏天把自己阳光鲜红的血洒向了岁月的白纸,唤你归去,伴你同行。夏天向自然走去,向时间走来,向幸福和欢乐的天空盘旋一个永不喑哑的期待。

是的,残夏是发表在夏季岁末的一篇青春自白,上面缀满了对青春年华的珍爱和对美丽明天的向往。我向她充满热情的眼睛走去,回味她过去的平凡日子里开出的每一朵小花,回味她雷雨季节里每一道风刃和电闪。残夏黄昏,是瑰丽而灿烂的焰火,将天空点缀得如锦如缎。

尺牍往来

夏日清晨，歌乐山如巨兽之脊，松针沉溺于深泥色的忧暗，天空呈现乳白色的光。我与被草丛泯抑的虫鸣尺牍往来，脑海里的话茬儿被荆棘划破。嘉陵江水是一杯夏季的玫瑰茶，涌起层层馨香，鱼儿与波涛也在嬉戏中尺牍往来，晨光如梦如歌般淹没了山城。

我们与尺牍往来对饮，不知不觉中瞳仁流盼，笑看夏天雷电的几番吞吐。我们对酒当歌，唱着重庆男子汉的刚毅和执着。山城啤酒冒着泡泡，石壁留着沟沟缝缝。

不要问尺牍多长多短，那是夏天的繁花落叶，无人知几遭几度。何谈那牵出山峦的彩虹，托出晨曦的幻影，这些都不如夏天泉水风流。是的，尺牍往来不如寸步不离，泉水也许就是因为无数次的碰壁，才有了长流不息的蜿蜒。还是回首瀑布那颗与断岩尺牍往来的心吧，"飞流直下三千尺"的震撼，才是山的动魄，山的伟岸。

多山的重庆，男人是树，女人是泉，树与泉的尺牍之情，常常会塑成一种壮观。"谈笑有鸿儒，往来无白丁"，那山泉飞沫四溅的肆意，不会亚于梦得的千古绝唱。寸牍尺语话诗心，往来礼仪不胜情。好比书再读，笔再勤，依旧文章僵化，思维干瘪。夏日云来云去、杂事不断，天热风狂、电闪雷鸣。于是大自然平白耗去不少篇章，季节更

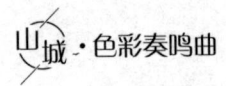

有敷衍之嫌。

　　就说夏天的雷阵雨吧,她来得快,也去得快,根本就说不出有什么气势,地还没打湿,她就一阵烟似的逃遁。更无韵味之类。文字也不可过于佶屈聱牙,饾饤堆砌,若是,这篇诗文就断无耀眼之处了。

　　是的,这种挂上窗帘看风光的文章本来就不大好作,何谈尺牍往来呢?你的历史写在夏天的心上,虽然如树多枝多节,但是火烧云总会在黄昏时灼去残缺的虔诚,叫你无从倾泻自己的爱憎。

　　其实,尺牍之情就像绿叶,藏身于丛林,或者像一颗星星,隐匿在茫茫天空。我的一生行不由径,我那微不足道的生命,往来于寂寞沙滩,隐行在云海江滨。就像人世间的影子,活着,在芸芸众生的笑容之外,死去,在从容里找不到墓志铭。那么,尺牍往来的意义在哪里呢?我那支经常积蓄墨水的笔,公正,善良,正直,仁慈了一生。

　　夏季,我在真实的自我之外,还有一个尺牍往来的友人。

　　那就是岁月无声。

偏离主题

　　掬起一汪汪清凉的水，再用那天正午时分悬在郊野黄桷树上的太阳，加上麻涩的外衣，还有人生的苦劳和疲劳，合着季节的灵魂，做一餐梦境的赠言。你认为这会是一顿美食吗？以为会是夏天的美食，可以大快朵颐。没料到，这样做的结果，竟会是偏离了主题。

　　夏天的胃口不是一般的饮食就能打发的，她对食物的要求很高。首先是主食，哪怕是用精细大米烹成的米饭，精制面粉蒸成的馒头，她都不会夸赞。只有用山西金灿灿黄小米做成的稠粥，她才会用嘴吹吹，却不咽下。其次是菜品，无论鱼香肉丝、黄埔炒蛋，还是什么太湖银鱼、糖醋鲤鱼，她都不会盲目点赞一番。夏天的口味很高很高，不大好将就。

　　于是，我这个并不合格的诗人厨子，在不能偏离主题的原则下，只好笨拙地上灶了。因为夏天已经在不知不觉中降临，她的风雨雷电，她的炎热性格，她的身着打扮，她的一颦一笑，都必须是我工作的重点。我开始为她操劳了，冰箱、电扇、空调，还包括蒲扇、折扇、充电宝等，后三者为的是预防停电。

　　夏天的天是那么蔚蓝，蓝得纯洁透明，那云是多姿多彩的舞蹈家，夏季最资深的走秀美女也就数她了。当然，

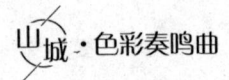

　　夏风唱出的歌儿也是季节里的翘首，翘首应该是首屈一指吧，更为突出的是她还有暴风雨中的雷鸣。

　　秋天最后是无影无踪了，只有夏天还在太阳下引吭高歌。山城的解放碑站立得笔直笔直，目视轻轨线路如蛛网般。我那偏离夏日主题的拙劣，展示得淋漓尽致，终被解放碑上的钟声召唤。夏天的欢声笑语就在偏离主题中灿然坚定。真可惜我不是诗人，只是一个为了夏日弄笔的厨子，我诚望我和夏天那首真挚的诗，在夏季的青灯白卷中铺成。

　　夏天的长江呀，我的眸子总是会紧贴你的面庞，看着那波光流转的绿，在一页页地翻动历史。童趣在这里被碰翻，梦境在这里被打破，我会是那个踏过忘川之水的孩子，被夏天的眼睛再度牵回，回首走出山城，然后再次走回山城……

枉然进入

人海茫茫，沧海茫茫，云海茫茫，诗情茫茫，天际茫茫，思绪茫茫……

如此茫茫，是因为我追赶夏日的晚霞吗？那好像是调皮的公鸡把太阳啄破了壳，血色流得满天都是。黄昏时分，大地的绣女把沉甸甸的金色放入柔柔的云间，夏风凑趣，捧起白云纯洁的哈达，献给长江的渔船。

长江里的渔船现在很少很少了，夏天的晚霞却依然浓厚。我想，枉然了的不是我的追赶，而是夏天来得风尘仆仆。她可能并不知道，她的行程如果太过匆促，云海就会太柔、太软、太虚、太空，甚至可能经不起顽童不经意放飞的那艘纸船的重量。我知道，那可能是夏天过于嫉妒冬天的雪浪，可是，这没有用，因为这是造物的安排。

既然岁月安排了用雪原来平衡冬日的失重，夏天就应该整理自己的思绪，自己的空灵，自己的可望而不可及的苍天云海，难道那会是枉然进入的吗？那同样是季节的哲学定律，有可能或者不可能，这是哲学也不是哲学。

夏天山城的庭院，三步一楼，五步一阁。那些如群山般雄伟的高楼大厦和遍地的公园，如林矗立，九曲回廊，步移景换。重庆的气势在夏天的古朴中尽藏进枉然流入的时间里，磨砺着绵延的夏季。竹林与湖，知了与树，草地

与花,丰碑与图……既洒脱如李白的诗歌,也平淡如老者的描述。枉然进入的可能是朱熹的文章,过于理性和执着。其实,我愿意把一腔热血,融入到火辣辣太阳的情感之湖。

　　枉然进入夏季的胸腔间,一边去品味夏天的鲜果,一边去营造宁静浩渺的岁月之湖。想起歌德去过的教堂,当然,那是哥特式的建筑,如今已成为庭院类雄峙的经典。就像枉然进入的夏天吧,在一年四季里虚虚实实,我在用笔摸着岁月的心脏吧,听散文诗传夏天的语言,就像那只绿眼球的猫咪,总是望着笔直的尖顶。

和璧隋珠

　　草丛绿茵茵，簇簇红花朵，集成蝴蝶的花山，蜻蜓的密林。季节之船又驶出了自己的一段航程，征帆不用招手，就能把岁月吸引。我在这个如翡翠般绿色的世界，仿佛刚刚醒来，又坠入梦幻之境。春天的脚步还没走完，又迎来了火热的夏天。夏天的黎明含泪中颤动，夏天的硕果在雾霁里收获。

　　你是谁送来的和璧隋珠？那珍贵的人间烟火，不会是飘浮在雨上的那片云吧？季节在议论：和氏之璧不饰以五彩。可是，夏天来了，五彩是基本的概念；隋侯之珠，不饰以银黄。可是，夏天的银黄是黄昏和朝霞的原色。

　　夜明珠呀，好珍贵的季节，夏天有奇思妙想么？何必无意地议论雷暴闪电，风雨如磐？是呀，夏日风雨黑如盘，别我不知何处去，黎杖夜悬藐姑射，藕断丝长岁月穿⋯⋯何必要泽吻磨牙？何必要洋洋洒洒？洗垢匿瑕，洒心更始。是的，夏天要走了，可是，她才刚刚降临不久，怎么就要离开？她会这样就平平淡淡地走了吗？她可能并不甘心季节更替的无情，所以她在走之前再使把劲，挣扎一下，发挥出所有的余热，于是请回了秋老虎？呈现黎明前的黑暗？是不是都是这个道理呢？我无从得知，只能是寂然上了季节的船。

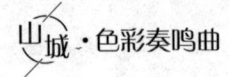

夏天去把和氏璧偷劫吗?那些在春天和秋天才有的道理,怎么会用到夏天身上?和璧隋珠呀,因为是有你,我才会有想当个诗人的想法。我要燃烧,我要用那夏天沉甸甸的火焰,去炙烤那沉甸甸的诗笺。是的,有了你,我才惊奇地发现,在这个夏天我唯一的收获,就是你——和璧隋珠。于是我青春的颜色变得金黄金黄,光的各种色彩都不再重要,那些红色,棕色,绿色,桃色,灰色,白色……我的心曾经在冬天死去,所有的梦中渴望随我的心死去了,但是又在夏天的眼睛中复活,所有的人间烟火复活了,复活了季节中的凡·高。

我的脚下是南回归线,夏天的火热确定了我的思维走向,于是我就管不了那么多了,诗人是凭想象活在安乐里。于是,和璧隋珠的故事就在夏天里有了自己的罗曼蒂克,而泥巴下的山城是我延伸的根,田垄两旁栽种着欢笑,我们需要在沉寂的夕阳下开垦。

夏天快要过去了,可她还叫我十分想念,你猜猜站在她旁边的是谁?绚丽多彩,五光十色,稻香盈城,燃烧成金。其实,她就是和璧隋珠,从春秋时的楚厉王传来,走到现代,便成了夜明珠、季节的和氏璧。

黎明的眼睛

夏天的情绪走到尽头,那就是沉寂,所有的期待都会如约而至。

其实,夏天她就是在黎明的时候,不知不觉中诞生了,再将每天的第一缕阳光,镂刻在大地上。此时,我总是荒谬地认为我就是黎明的那片云彩,这是一个热烈而殷切的愿望吗?又是夏天,又是朝着山城重庆,淌入昔日那本金黄的炎热史册。那片云彩不会就是晨晖吧,飘浮着的云彩下面是我的父亲,而父亲的前面总有头老牛。为什么我们总是要在荒原上开辟,开辟那些沉寂的夕阳,然后去田垄上寻求收获?

而坐不改姓的夏天再次降临,让我在黎明时分去回望紫云英。红花草长满大地的时日早就逝去,我的父亲进了城,进了小区,一切都已物是人非。我永远也不会忘记,田埂两旁的油菜花,父亲躬身在地里浇水,还有那稻田依旧,夏蝉嘶鸣。是黎明的眼睛洞穿了梦中的月影,夏天又用自己的热度,去节节拔高那水银柱上的安宁。

七月窗边的柳枝,如桅杆在风中时起时伏,我把心中的小窗渐次关上,只让眼睛保持睁开的样子,在此时照顾好自己的惬意。又一个黎明在和谐,在安谧,我用眼睛去邀请那些山川江河,让她们在夏风里更加绵长,更加久远,

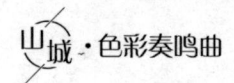

与她们一起去葡萄园里沉吟,然后品出蜜的滋味……

  花动叶颤,鼓点如潮,唱词清晰,雨云缭绕。那些穿云凿雨的字句可能是夏天,要不就是春天,但她必定是四季中的日历,在轻拂晓意,提风顺气。黎明用布衣素服去点燃朝霞的烛光,去一遍遍唱响清丽的颂歌。此时,我热恋的眼睛常常会捕捉到盛夏的花香,摇晃的黎明。因为我的黎明,永远不会在夏天错过采收的节日,热而不燥,惊而不慌。因为你的存在,我也捕捉到了我自己,我自己的温饱,我自己的渴望。

  于是我拜读季节,拜读夏天,拜读黎明,拜读一片汪洋般云霞的思绪。于是我总在问你,你是谁?又这样每一次问我自己。

  感觉是一种声音,这声音来自黎明的眼睛,她浪潮般涌动在夏天之外,撞击我肃穆的诚意。毋庸置疑,专注的奉献就是默然无语,是黎明承载了珍珠般的眼睛,永远守着这片孕育民族赤子的土地。

月光心旅

新月如钩，照得夏天的甘蔗林越长越茂密，她的甜蜜诱惑在阳光下轻轻摇曳。月光依恋着心旅，在海潮般浩瀚的生命中扼腕长叹，拥吻着从不懈怠的堤岸。那思念的堤岸哟，像极了青春的航帆，远了又骤近，落了又升起……

年年岁岁，皓月当空，月移花影，思念没有标尺。心的旅途，除了远空，还是远空。天穹的梦中只有月色迷离，没有压抑和动人心魄，她不会错乱季节的脚步，只会一步步地走向黎明。

青春的沃野呀，你是少女的豆蔻世界吗，那么广阔，那么美丽。月光的心旅慢慢向你靠近，好比一位端坐的哲人，在夏天的光波中思索航向。往前走吧，去思索为什么会在枯萎的旧事里微笑，然后忘却。

总会有沉默的故事在心旅中慢慢消失，好比一篇动人的诗歌在娟秀的笔迹里终止。甘蔗林中总会有甜蜜的爱情，哪怕林中布满诉说，也不会写出一个隐隐伤痛的错别字。洒满月光的命运之神在凝望天际，让夏天的夜晚泊成一只小船，然后敞开船舱如翻动一本优美的诗集……

心的旅途总是在忧郁地等待，当然，也会有缤纷的花期。而我只有静静地徘徊，然后尝试着告别从前——从前的种种，从前的疯癫，以及那些夏天的明眸中轰轰烈烈的世界。

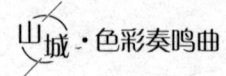

甘蔗林只能是奉献，奉献出心中的甘泉，奉献出晶莹的蜜源。月光下的古老寓言在悄悄发芽，慢慢长大，仿佛等待一个人用虔诚去点燃生命，任凭七月的太阳疯狂地燃烧。而甘蔗林就在太阳的燃烧中锦簇延长，延长成心的旅程，绿色的愿望。

我只能是那月光中的一粒种子，期望在青春的沃土里种下去，伴着我家乡山城的云雾生根长大，然后去寻求心旅中最响亮的音符。窗外是朦胧的夜雾，夏天的笔却任意地挥洒，我于是就尽情地任心的荟萃洒在夏天蓝色的笔记本上，再做一次心的洗礼。心灵和岁月一起变得芬芳吧，月光已经用可贵的心血去点燃了星辰，照亮了季节旅途的征程。

C，秋之卷

秋之卷

　　风裹着落叶，无声无息地旋上苍穹，然后悄然地撒落在大地之胸膛。

　　成熟，是你的主题。

　　而我与大自然相羁相络的心音，在懵懂与成熟之间，串起生命的一朝一夕。

　　如火之晚霞渐渐冷却为铁一般的青灰，一只苍鹰迅疾消失于夜幕，唯有色彩，赋予了秋之灵魂。

　　让思绪出去走走吧，人在屋里熬够了仲夏的炎热。

　　轻衫薄履，信步田头，我的思绪捕捉到了早秋的第一缕精灵。那些数月前还是探头探脑的嫩胚，居然已挺首昂胸，时刻准备将自己奉献给季节……

　　从幼苗到焕发的落地生根，或者是勤劳的血液和汗珠，在日夜长大中闪烁生机，岁月终于在秋天有了丰硕的收获。

　　那是秋之魂魄在衍化，那是季节之树在摇曳，那是晨之云海在灿烂，那是时光之花在绽放。

　　渗入了你的茫然，渗入了你的记忆，渗入了你的青春……

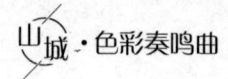

这是季节更替的脚步。

生活告诉我们，秋天使独醉的韵味更美，幸福的切入更真，大地的永恒更远，眉头的柔情更深。

其实，个人的生命是可以溶入秋之大海的，犹如把渺小织进浩瀚，把短暂化为永恒。

生命之树常绿……

秋天不只是一幅图画。

秋天不只是一首情诗。

秋天不啻是一部历史。

秋天不把笑容落在酒里，谁也无法破坏这种姿态。这是在恬静的笑靥里沉醉着蓝蓝的天，这是月光的柔情已被真实的幸福点燃。这是季节窖存的记忆，这是日月弥久的荟萃，这是思念一瓣瓣绽开，这是苦中有乐，酸中有甜……

四季斑斓，繁衍不息，悠悠岁月，须臾人生。无数短暂的轨迹，组成了浩瀚的大军——向着秋天，敬礼！

这是一尊最庄严的雕塑，感谢你，岁月的罗丹……

秋天啊，收割的万物之神，一旦获得你伟大的抚爱，理解你投射于物象与心之感光，在照片上会有闪烁的梦之印象。于是我便会在瞬息间变得生动，便会在瞬息间焕发出使万物本身惊讶的光彩。

秋天是枫叶从季节的窗口投入的一封长信，那是彩色的秋神的心，储足了四季风雨的炽烈。

那是火焰般的枫叶书写日月的历程，闪烁星空的慷慨情意。于是大地在呼唤，收获吧，起舞吧，欢乐吧，歌唱吧！

我凝视这秋天滚烫的心，世界更加旷达，和谐，美丽……

十月金秋

火红火红的一叶,火红火红的一山,火红火红的一城,火红火红的一天。十月金秋,你浓缩了山城秋季的脚印,你盛满了我们一生的心愿。

山城人民用父辈躬耕的背脊,坚强地驮出一段金秋的岁月,更是把一个民族的灵魂、信念、精神和挺直的胸膛传承至今,在丰盈的季节疯长。高速公路,地铁轻轨,锁江桥梁,美丽乡村……红色的土地,金色的盼望,在两江之上流淌。

两江呀,你默默流露的感情,在山城生命的扉页中探索。不眠的金秋睁着大眼端坐云际,听蛙声虫语喇叭声,渺渺茫茫真真切切,如凯歌响彻耳畔。十月金秋的苍穹晴空万里,一点星光一往情深地凝视着山城母亲的浪漫。那星光照着今夜,照着明天,更照着故乡的火红枫叶和刚韧的性情胸膛。

岁月还来不及选择,十月金秋就跌落到山城的怀抱,我们看着你那跋山涉水的彩虹幻影,更有那城市和乡村的壮观。

其实最有文采情怀的是重庆山城,只有她才能熟读背诵秋天的诗句。她就是一位伟大的浪漫主义诗人,其诗词地位在中国文学史上非同凡响。我赞颂她笔落惊风雨,诗

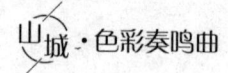

成泣鬼神,她却不承认我的吹捧,硬说只有金秋才能获此殊言。于是我把眼光转向了树上的藤蔓,树和藤都是那样的多情,都是那样的执着,依恋大地。

叶子与叶子亲吻,江风和江风穿行,没有空闲的夜晚,没有过往的帆船。原来你是一段梦幻的岁月,你把一个个匆匆而逝的早晨,剪裁成了一段光辉耀眼的历史,成了十月金秋的不朽传奇。啊,乐声四起,它穿过了大地的舞厅朝我走来,太阳和月亮是我的舞伴,不,他们是整个山城的舞伴,是华夏民族的舞伴。窗外的知了在秋风里陶醉了,她落在花花绿绿的草丛里面,蝴蝶停止了纷飞,用同样花花绿绿的衣裙,围住了金色的秋天。

为了庆贺金秋,乡村的恭喜如同花鼓般欢快,那咚咚响起的槌声,震响了纷飞的语言。斜斜地挎起那快乐的椭圆形打击乐器,在山城起舞吧,鼓声为我们拓展出条条大道。我们踏着神圣的舞步,高声颂歌。喧嚣的锣鼓太猛太沉,当鼓槌骤然坠落时,我看见,十月金秋的天空,一鼓独悬……

红色气质

你的骄傲，系在高高扬起的国旗上；你的欢笑，溢在中国人民的信仰里；你的历史，揭示红色气质的主题梦；你的人生，定格共产党人的奉献情。

你从历史深处走来，又从历史深处走出，今天人民幸福所走过的道路，展示着共产党人的信仰与追求。瞿秋白，这位《国际歌》的第一个汉译者，当年就是高唱着自己的译作走向刑场。天安门广场的一组群塑，李大钊，方志敏……不同时期的共产党人，他们宽广的胸怀中装着华夏，装着民族，装着祖国，就是没有装下自己。

责任与担当，气质与情怀。红色气质是用金子铸成的，那是共产党人的生命，那是在责任与担当的冶炉中淬炼出的警示名言。红色气质是伴着浪花怒放，那是共产党人的磅礴，那是在气质与情怀的大海中耕耘出一片浩瀚。红色气质是历史的，红色气质是山丹丹红不过的云彩霞，红色气质是骁勇者飞腾着的套马杆，红色气质是春天里萌动着的前奏曲。

共产党人的春夏秋冬永远不会苍老，九十九重严寒压不垮。

红色气质在我们心中神圣着，升腾着，辉煌着，闪耀着，铮亮着，跋涉着……

跋涉，是因为在汗血渗透的记忆里，我们永不放弃；铮亮，是因为在万里长征的磨炼下，我们无可选择；闪耀，是因为在枪林弹雨的洗礼中，我们一往无前；辉煌，是因为在抵御外侵的烽火中，我们逢敌亮剑；升腾，是因为在国家富强的征途上，我们风雨兼程；神圣，是因为在理想信仰的呼唤中，我们代代传承。

跟着共产党，我们从1921年走到了朝霞满天的收获时代，我们打倒了军阀反动派，我们推倒了三座大山，建立了新中国。我们正在消除贫穷落后，我们正在走向富国强军，我们永远跟着共产党，在红色气质的朝朝沐浴里，共筑中国梦。

问秋天

我的秋天，美丽的风光，当我习惯了夏天的酷热和煎熬，怎么能不想念你的温柔和馨香？

告别了整整一年了，秋啊，你是否仍然在耕耘着自己的希望？啊啊啊，你还好吧，别来无恙。

深深的秋眸，那里收藏了多少秋季的睿智，成熟的果园，丰收的鱼塘，航标灯闪烁的河水，钓月的嘉陵江，还有巍然无语的歌乐山岗。寂静的山村，弯弯的溪流，依偎在你的身旁，秋天啊，别来无恙呀别来无恙，我是你的粉丝和知己。

我问你天还是那样蓝吗？水还是那样清？我问你夜还是那么静吗？星还是那么亮？

我问你黎明和黄昏哪个最风流，我问你的生命和灵魂是否在歌唱……

啊，问秋天，问你是否天天在变样；

啊，问秋光，问你是否时时伴花香；

啊，问秋水，望断梧桐人比黄花瘦；

啊，问秋月，嫦娥是不是还在你心上？

秋天就是我口中那朵玫瑰，秋天就是我袖底铮韵的《梁祝》，秋天已然解开了岁月船帆的缆桨……

为你祝福，也为我祝福，为了季节悄悄向岁月伸出的

那双手臂,那份快乐的金黄,那种丰收的幻想。

  我只知道你和我是一样的心,一样的回应过春风的问候,一样的感应过夏日的节奏,一样的在永恒的记忆里寻求同样的未来,一样的同踩一块大地,一样的同顶一片蓝天。

  何必问你东我西,何必问相见分手,何必要询问表白,何必要拥抱相搂?因为秋天的收获太多太厚。我忽然想起又瞬间忘却,我再次激动却又瞬间沉寂。还是让我和秋天在一起葱郁生长吧,何必要明朗如春,何必要青春如歌。诗句的无言胜过有言,杯里的无酒胜过美酒。

  是的,秋天就是一尊美丽纯洁的女神像,无论你问她不问她,她都只有十八岁的年龄。我只能联想到世界上最崇高的诗句,当你迷蒙了世界,当你锁定了野渡,当你在长江和嘉陵江岸打上了一个句号的结,当你别无他路可走,只能化成一串又一串金黄美色的脚印,我的视野为此开阔……

小豆豆

你的骄傲之帆，系在生命的旗幡上；你的欢乐之花，开在人生的浪花尖；你的产床的无影灯，扎根爱情之土；你的新血脉，定位玫瑰色喧哗一生……那就是你，小豆豆。

令人心碎的事淡如云烟，让痛感和忧伤随风飘逝，让奔流的时光皎洁，让往事如舟搁浅吟歌，让尘封生命重寻童真，将片片白云采撷，让众多的风景汇集于眼，让无瑕的岁月更加醇正，让华丽的日子变成小诗……那就是你，小豆豆。

因为无瑕，你才更美丽；因为纯真，你才更可爱。若非寂寞的少女哟，莫要望着春风、夏雨、秋叶惆怅。小豆豆，那就是你的希望，那就是你手中的幼小花朵，那就是你心的潮水。

你洒落的波澜其实是泪滴，因为你在天天摇动岁月之桨。小豆豆的欸乃一声，那是你岁月之舟远行的航线，那是你以热烈唤醒着两岸的沉默。

小豆豆，那是爱神揭掉你头上的面纱，那是少女心的坚韧，那是生命的红帆船逆流而上，那是春天来临时枝头最后的颤颤残雪，那是一种不朽的青春搏击，那是温柔的精神港口。

那一天，风被歌乐山过滤成呼啸，小鸟动情的鸣叫着俯瞰嘉陵江，分娩的哭声是一曲高亢的乐章。小豆豆，巴渝的后裔在重庆蓝天的背景下读懂了你初生的呼吸，长江河水呼唤成浪，走出了重庆江河的风景线。你出生时的阳光，明媚而晕眩，那是幸福的明媚，那是幸福的晕眩。

嘉陵江和长江则以两岸不变的姿态，让巴渝民族的故事延续在河流滚滚的浪声中，因为一个又一个小生命的诞生。十月，是一首生命的赞美诗，宛如那千枝万树上挂着的累累硕果。风儿也是成熟的，它穿过生命原色的渲染。生命勃发着十月的生机，小豆豆，你出生在十月。

十月，你撑着太阳伞走来了。小豆豆，你的脸庞降生了，你的父母因此而成熟起来。重庆的热风给辽远的苍穹涂上静寂的色彩，瑟瑟的红叶在大巴山余脉灿然袒露，背后是山峦挺直的脊梁。

你出生的时候，我仿佛听到远处有一阵古老的笳声蜿蜒而来，那是生命古烽台上不熄的火焰。是呀，步入十月，以果实的成熟目睹你年轻的光泽，秋天的脸颊鲜美而金黄，小豆豆的额头溢出的智慧，饱含哲思。

而我和奶奶一天天在弯腰下头颅低垂，就这样在接近土壤，接近镰刀的收获。因为你的存在，我们的灵魂因此而崇高起来，以切肤的痛楚和安慰。仿佛果实离开了枝头，而你仿佛离开了生养你的大地，沉甸甸走进了人类的家。

因为有了你，我仿佛激动地举着人类延续的火把，从万里长城的第一块砖石跑到了最后一块砖石。风化的垛口上，吹着一支奏鸣曲似的羌笛仍然余音铿锵，你在秋天里成就了一座造型，以落叶的凋零铺展了岁月的里程，我的诗在枯黄的漂泊中不再惆怅。作为一片人生的叶子，我们选择了根的新生，我们期望着，你成为那歌声中成熟的节拍，步入十月，走出十月。这十月里累累的果实，将会成为你生命中翩翩起舞的彩蝶，这是我对你的祝福。

　　秋的红叶，春的彩蝶，她们都会勇敢告别寒冬的季节。往前走吧，小豆豆，天真永远是蓝色的，有颗星星，正挂在无云的天空。重庆无云的日子，童星闪烁。你出生在凝重的十月，无云的天空，更挂着我们那颗铮亮的星星。我总以为，就是那个十月里铮亮的新月，也比不过你，因为你新生的光明早已将烛光嵌进你十月的生命。不要问我们有什么愿望，我们只是在想，面对现实，托付未来。我们幡然听见一个熟稔的声音，把十月写进你的骨髓里，把奋进写进你的生日里，把洞穿生活的屏障跃进你的明眸。不知今生今世，你是否会有朵虔诚的浪花，开放在你生命的长河之中，是否会有艘生命的船舶，以你的名字命名，以十月的纤纤细手，把多梦的季节摇醒。

　　我们还有什么可担心的呢，我们还有什么可怀疑的呢。我们生命荒原的深处，充满着信念的顽强。今后你会是凡·高，你会是贝多芬，你会是用鲜血开辟生存之路的跋涉者。荨麻花会在你十月之路上顽强的绽放，面对你深沉而固执的爱，我们一样深沉而固执的心，我们还能说些什么……

　　这就是小豆豆，我们的春天，我们的暖意；这就是小豆豆,沉重的希望,纯净的渴望。小小的豆豆,在我们心海里,你高亢的生命谣曲此起彼伏,随着浪涛滚滚涌来。小小的豆豆,你如沉雄粗犷的太平鼓,震撼着情感不朽的奋发信念。

小豆豆呀小豆豆,以后你就是一片人生之帆了,一艘十月生命的红帆船。

奔腾的流年

仲秋的呼唤,仿佛无数次汗血马征踏过的战场,高速路反弹古道的剑戟,将车声切分成现代化的和弦,去为兔年的到来在日出之前呼号。

从远方踏来的足迹,奔腾的流年撞开沧桑,时光如车轮般飞驰。流年躬身如犁,倔强地耕行在历史。所有的高速路伸出有力的臂,所有的大山坦露出坚实的胸,等待时代的双足书写更富哲理的诗。

流年,流年,高速路是流年的起点,也是流年的终点,奔腾从这里涅槃。暮冬的帷帐已经拉开,新春的序曲,仲秋的呼唤,盛夏的喧嚣,是那流年背负着四季走向未来。

在秋天,在流年之外,在使那往日的新鲜蹉跎,虽然没有什么道路会伸向我的内心,我的内心却充满火焰。这是奔腾的声音在呼唤银河之岸醒来的歌手吗,我会去倾听,如同在银河之畔的彩虹,装点着奔腾的流年。

有你的日子,我不再如老牛拉车,慢吞吞地打发光阴,我会在启明星的光芒之下,开弓射箭。背负着土地忧伤的黑暗,背负着秋天的荒原,流年将会使潮汐盛开花朵,将子夜震颤曙光。

在你的秋日里,会有夏天的蝴蝶散发恒久的芬芳,你的想象会让秋天生出翅膀。是那流年的声音吵醒了太阳

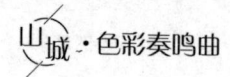

吗？山城和天空醒来的时候，总是伴随着早晨的碧空。于是片片的白云散去，阵阵的雾霭散去，只有梦还在流年的世界，寻找生活的方向。流年，你在海的那边，我在山的这边，你的梦中会有我欢乐的影子吗？我会迎着你奔腾的风，唱一支动听的歌，唱岁月的心事。

奔腾的流年像是一个神秘而清晰的影子，谁也猜不透她的心思，是儿孙们的呼唤把美酒酙满，为你祝福，为你祈愿。把美酒搓捻成时间，等着碰响杯盏，我想单独和她说会儿知心话，同她握次手，会次面。

流年的灵感永不枯竭，会让斑斓的幻想放出光彩，宛若大海之上，到处都是碧蓝的海水，这就是奔腾的流年，这就是不朽的时间。

启航吧，所有不愿意死去的记忆都在创立一个崭新的黎明，奔腾的船舶，不息的桅杆，奔腾出海。向流年和大海致敬，在秋天，我们吹响螺角，浪飞涛卷……

2016 催熟我的梦果

在哪里？我的精灵，我的芬芳，成熟的季节还没有到来，你怎么就沉甸甸地挂满枝头。是不是秋天的丰硕把你催促，让你如此鲜活生动？

原来是我的梦果，你要启航，对不对？梦在启航，果在成熟，时光的足音，却在黎明和黄昏间流逝。你是一匹骏马，在日月交相辉映中驰骋出阳刚；你是一条航线，在巨浪中劈荆斩棘；你是一段飞翔，在闪烁中点亮希望；你是一个目光，在生命中无言注视……

丰饶的土地，是你的坚持；露珠的无悔，是你的曙光；候鸟的俏丽，是你的弹唱；星光的璀璨，是你的凝望。

2016，原来是年的叶片，你要启航，是不是。我的新年呀，你朝夕生风，不见首尾，五彩缤纷，犹如骊龙……春在召唤，风在含涕，水天的辐辏，却在追逐建树和虎踞。你是一个永恒，在起伏中吐露潇洒；你是一段清晨，在无瑕中吻别黑夜；你是一丛藤蔓，在暮霭中骤然兴起……

望断梧桐花，告别 2015。惊鸟的独噙，是你的五弦；橄榄的手臂，是你的烫唇；山河的淡然，是你的坚贞；心的翱翔，是你的征帆。

水果王

在雪家坪,你如豪饮赤水河的一条龙,将赤水的河,赤水的湖,赤水的海,如一杯茶般喝下,让全世界的美丽,都在这里集中。于是,所有的甜蜜,都成了巧匠之手,把凤凰李变成了一件件作品,饮誉中外,天下驰名。

我说水果王,藏千娇百媚,寓万种风情,有如赞松的高洁,梅的坚贞。水汪汪的凤凰李,小巧玲珑,山民们提的、挑的、背的、挂的、吃的、卖的、梦的、夸的、说的……无一不是你凤凰李。

那李林,一丛丛,一簇簇,树挨树,林藏林,叶连叶,根盘根。树旁的草,已悄然爱上天上的星,夜的精灵便将思念化为果实,去点缀那份凝碧。而那份凝碧,将在八月变成宝石,有如仙女的眼神,既明亮,又温柔。一方山水养活一方人,水果王,你一定会带动山民们走上致富路。

只要有雨露阳光,只要不离开土壤,纵有风吹霜打,凤凰李依然会溢满香甜,向世界献出果实。她将自己比作露珠,献给大地。

水果王,我不知道哪个会是第一?香蕉,西瓜,水蜜桃,丰水梨,草莓,苹果……可是我猜想,你在人们的追求中,如抖落了晴空中满天的繁星,如赤水河的甘甜化作人们最美的期望。

祝不胜诅

在这个天高云淡的季节里,为什么会有岁月动脉里流动着的执着?为什么更会有时光静脉中涌动着的诚挚?秋光如画,丰收如歌,这是个梦中的佳期,怎么就总是祝不胜诅?

山城的深秋是我视野里金色的风景,是你把夏日的浓绿变成了橘黄的洒脱,我的夜空于是开满了爱的微笑,叫我怎么说你呢?

我想象,秋天的日子,本来就是一首散文诗,或者是雨季里深藏的太阳。如果太阳都藏入雨季了,那该如何找到你、走近你,走向阳光?

祝不胜诅的不只是你,可能是我,也可能是他,或者都不是。但因为你是秋天,正在走向凋零。一切都结束了,因为沉甸甸的果实已经坠地,而萌发属于春天,蓬勃属于夏日。因为再往前走,就能嗅到冬天的味道了,那冰冷冷的感觉不太好受,让我的手和脚如霜冻过的茄子,再也无法光鲜。

守望秋天,因为耕耘的脚步是从那里走来的,再朝前望去,这富有哲理的季节呀,窗外就是春天,屋里更是夏末。而你依然以岸的姿态,拒绝任何桨的形式划入,而桨的符号是不可破译的季节的断点。于是,众多结霜的早晨把你咒骂,太阳的舞伴更不知道躲到何处去了。太阳没了舞伴,显得无精打采,总是以阴天的表情出现,山河凝滞,风儿萧瑟,霞光流逝……窗帘挂上了,蝴蝶也已停止了纷飞,于是,田野只好埋怨。

而我可不是蝴蝶,也不是霞光,我只是黄昏的意向。秋水漫上了堤岸,我如草原上的马儿奔波了一整天,只好在季节的尽头静静地卧下,等待又一天早晨的出现。

其实,秋天就是一个绿色的信封,上面写满了成熟的历史,光辉而耀眼。可是把她寄往何处呢?夜晚已然来临,月色平静苍白,设想书函会长上翅膀,用单薄的书页去隐藏喜爱撒谎的云翳,然后飞往一片静默的季节,去打乱丰收的魔方,接着再次由春天拼起。

人生就是等待

　　点燃蜡烛，点燃我那人生的太阳。这是我第七十二个辉煌，妻子鼓励说："吹呀！"儿子鼓励说："吹噻！"我那片刻甜蜜的爱心，被那一大堆蜡烛越燃越旺，将我七十二岁的生命熊熊燃烧。我深吸几口气，又重重地吐出，吐出人生的等待，吐出一个生命的小阳春。其实，我明白，这是我人生中的秋天。

　　我曾在和煦的春风中等待，我曾在冰冻的河水中等待，我曾在金色的秋果中等待，我曾在聒噪的蝉鸣中等待……温暖与甜蜜，欢乐与苦难，青春与激情，我都品尝过她们的端庄秀美，飘逸活泼，奇纵恣肆。我知道，我不是太阳，无法为人生涂抹色彩。别人的人生劲峭生动，我的人生却凝重谨严，于是，我除了等待，还是等待。

　　其实，人生不过是烤茶，煨茶，打油茶，西南少数民族的一段品茶佳境，至少也有四千年以上的历史。年轻时光，宛若将茶叶放入四百克左右的煨罐烘烤，我是晒青茶叶，在里面煎熬。中年到来，我从嫩芽长成了大片，可是仍然还是茶叶中的鲜嫩枝干，于是又被置入明火烘烤，直到焦黄。我的人生在茶壶中煮饮，等待着别人把我的精神喝干。到了晚年，我变成了打油茶，形式各异，丰富多彩：广场舞，摄影班，旅游团，老年大学……

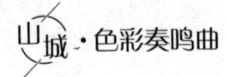·色彩奏鸣曲

可是茶总有被喝完的时候,不管是泡茶还是打油茶。我不能解完生命里的奥妙幽深,也不能消化人生里的浩瀚磅礴,因为生命就是等待,我只是一个庸人,并不是什么翘楚。

是的,人生就是等待,人生太多太多惶惑,只有对着季节的镜子,我才感到了自己的陌生。

好了,一篇小小的散文诗,哪里倒得尽人生的苦辣酸甜,傲雪凌霜,还是让她继续等待吧。

树和藤

　　树和藤是那样的多情，好比月亮和月华，怎么看都是一个整体。他们深深地执着于大地，依恋着大山。他们高高地镶嵌在天空，飘逸云霄。岁月来不及选择，中秋节就降临了。季节迎来了秋天，树和藤依然亲吻。

　　中秋节的酒水也许是因为多年的酝酿，才会如此香醇，树和藤则肯定是历经风雨才会越缠越紧。月亮和月华也是甜蜜的象征，留给世人甜甜的月饼。

　　树和藤是山的心，山的魂。月亮和月华是天的幻，天的景。

　　树和藤在这里并不多余，他们是亲情的守候，他们是节日的歌圣，中秋节不只是季节转折的交点，更是人间亲情的启明之星。中秋节背负着季节潮汐的涨落，背负着光明纯洁的月光，背负着人类对往事的追忆，背负着树和藤温暖跫音的永恒，去敞开胸怀喝酒，去大快朵颐吃肉，去品尝甜蜜的瓜果，去移动出一片美好的时光，去度过这人间难得的佳境。

　　树和藤的长相拥抱难道不是芸芸众生的笑容？我知道，我的一生微不足道，可是，我能从容地生活在芸芸众生的笑容之中，这难道不是节日的馈赠？如同某位我喜欢的作家所述："节日里，我像一颗沙砾，散落在广博的沙

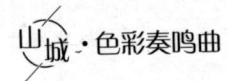

漠；我像一片绿叶，藏身于万山丛中；我像一颗星星，隐匿于茫茫云海；我像一个真实的自我，从容自在地活脱"。

　　中秋节就是一支词汇丰富的笔，一派虔诚地写着岁月的历史。树和藤更是只知道倾泻自己的爱憎，永远不会懂得丝毫隐讳。笔的历史应该是公正，善良，仁慈，正义的一生，白纸黑字，书写树和藤之间的爱情。如同他们，活着，真爱就是座右铭，死后，相拥就是墓志铭。

临江大河鱼

在秋天的河川，我还没有见过如此纯情的笑容。他们并非若昙花于深夜一现，而是宛若一盆沾露的小百合香气四溢，更如一支短歌萦绕在我的梦乡。他们就是一潺溪泉波动在布满卵石的河床，那是嘉陵江上的一处心灵所在，时时如银铃般敲响……

他们是摇曳在阵阵晚风中的粗犷与细腻，随着自然的变化显示出一种永恒的美。飘逸的美丽只是一缕清清的晨雾，不经意间就随风而去。只有他们，拥有的深沉内核和灵魂，在人们审美的重叠和演变中，掘出了横的发展和纵的深度。他们是情爱美，神秘美，沉甸美，衷肠美，口感美，朵颐美，饕餮美，追寻美……

刘光明，你"绕河闲步看鱼游，正值渔夫弄钓舟"，你从烹鱼的伙夫，到临江大河鱼的主厨，经历了"一种爱鱼心各异，我来施食尔垂钩"。你从合川的云门走到社会，可曾是那种古诗中描写的"鲈鱼正美不归去，空戴南冠学楚囚"。短短的一篇小散文，又怎能道尽你的艰辛，你的乡愁。

临江大河鱼有一种散文诗般的音乐美，它的红艳并非是靠了辣椒，它的美丽是从大河里每一根纤细的神经上流出来的，而每一根神经上都有如散文诗一样，是依赖情感

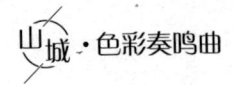

在流动中产生的撼人魂魄的颤动。

临江大河鱼更是舌尖上心弦滑过的旋律，它不仅仅只是绿色食品那么一种矛盾的统一，它更侧重的是让你悟到一种返璞归真的情怀。既是能吃到嘴里的美味，更能喻明深刻的哲理。

临江大河鱼不会是江水和流溪那样多情，何况那水流可以牵出彩虹，托出幻景。我望着你从三江里断岩深处拾起的偶然，江水也许是因为无数次的碰撞，才能荡漾出这般的美味，江也风流，水也风流，鱼也风流，刘光明更是风流。

刘光明，这是你的名字么？不，这是临江大河鱼飞沫四溢的得意，这是临江大河鱼飘逸壮观的迷离，这是临江大河鱼山浪抢滩的瑰丽，这是临江大河鱼事业腾飞的芳菲……

当然，刘光明，不过是作者随口臆造的符号，他可能是人，也可能是鱼，但是，哪有鱼是人的道理？临江大河鱼，你光明你灿烂，你留在食客心里。

梦冲塘

仙女山的秋风,吹醒了谁梦的幽居?

巍巍武陵山,甘泉梦冲塘,在这不可一世的大自然,火炉镇,你怎么会变幻出人情味?

我想,我应该是鼓满洁白的风帆。梦一样的风帆,在冷水中与鱼儿共舞,看看它是怎样成长为梦冲塘冷水鱼的美味。因为北方鱼南方鱼,都不如火炉镇的土著鱼,特色味地方味,更不比如归的人情味。

鲟鱼,青波,黄辣丁,我应该是它们当中的一条,我的欲望就是水。也许,那一夜浪太高,风太大,可是我在泉水中很沉,很沉。

梦冲塘,你在浪花的亲吻中迎来鲜红的丽日,把贫困的农民带上幸福的航程。月牙多情,春水温柔,火炉镇变成了一幅流淌的风光画卷。泉水在满河满湾满塘地流淌,鱼儿在欢乐欢快欢愉地蹦跳,我的思念在远航的汽笛声中踏青,踏歌踏浪,踏向玫瑰色的远方。

在火炉镇,我看到了一眼山泉,她从崖壁的缝隙间溢出来。蝴蝶,你对花越痴情,我就越有被你酿出蜜来的感觉。其实,火炉镇本身就是一个大蜜桶,她盛满了吉祥和幸福,伟岸和坦荡。

橘红色的秋风涌入山城,仙女山压着沉重的依恋,梦冲塘的鱼儿游得正欢。我仿佛是一个没有赶上班车的过往旅客，因为这里食客爆满。等待下一轮大快朵颐吧，等待才是把梦冲塘望成了那条弯弯的小路，啊，小路漫漫。我愿意一生都珍藏她，厮守她，钟情她，拥有她……梦中的鱼儿，仙女山的小径，梦冲塘鱼儿冷，仙女山花烂漫。

翘望每日

我在早晨翘望，朝霞和露珠互相审视，审视彼此的命运和入夜的星辰。

秋天来了，满山满谷的温暖山风，从不回避受审，一次次把思绪撩拨，从来就没有过退潮。假如我有奢望，那就是当思维走在崎岖的山路上，有清泉陪着，有布谷鸟陪着，有成熟的秋天陪着。

夜海的微波之上，月的清辉溢满母性的圣光，那光芒如有人在倾谈，温馨而神秘。这光彩照人的精神之汐，有如那夜晚的美人，就要开启她柔婉的长睫。我依然会每日翘望，因为黎明已经勇敢地显露了芳容，世界在地平线上迎接朝阳。心儿停泊在遥远的家园，柔和的光芒正在记录每一个甜蜜的梦。

像那苍苔一样容易被淡忘，每天的过去和今天的遭遇，其实是时间的飞沫，在打湿我们的灵魂。秋天已洒在希望的枝头，翘望成了季节变换沉重的飘散，还要在我望眼欲穿的每日印上你的思想，系上你唯恐天空风云变幻的朦胧。我不敢再翘望什么了，因为夏天只属于早已过去的时代，我无力去跟踪。她是天边美丽的彩虹，更是雄浑的高山，广阔的大海。因为季节的精心修剪和无声的期待，我的心，就是你放飞的那只蓝色的风筝。

夕阳黄昏的诗句早已从我的发间滑落,翘望每日,每日翘望,翘望什么?我说不明白。只是突然有一团袅袅娜娜的红云,从那暮钟后面的余晖蹦出一个亢奋的音符,她在翩然飞翔直至独自领略。兴许,我能到达一个遥远的星辰,去采摘一颗银河的梦幻,献给秋天的神明。

凭借秋风,吹拂流云,我心灵深层的内涵,并非什么每日翘望,而是诗歌里的隽永,是钢琴里弹落的省略号,是梦幻中烛夜的太阳,是狂风暴雨中陨石带着火焰的呼啸,是奇珍异草中一颗硕大的蒲公英……

梦中兴凯湖

　　从心的荒原出发，走过整整一个花甲，走过六十载的期盼。风在颤抖，那是兴凯湖的梦呓在秋风中重映么？

　　十一岁那年，我在重庆九龙坡黄桷坪娃儿书摊上看过的连环画《兴凯湖的故事》，讲的是美丽如海之清澈，讲的是人在自我之无常，讲的是平夷之地为凝碧，讲的是世界在无言中透明……

　　六十年后的今天，我来到了梦中的思念，兴凯湖，这就是你吗？人在自我之外，我就在我以外的地方存在。那一望无涯的水域连天，那叶浪重重的憨态可掬，那如天之蓝的人歌巧手，那梦寐以求的博大壮阔。

　　只在梦的季节才能见到你吗？兴凯湖，一切都如铅灰色的精灵，见不到太阳的脚印。

　　兴凯湖呀兴凯湖，世间沧海桑田，你会珍藏我人间的梦想，你会在我的心田里种出绚丽花朵。让我们珍存同一个梦吧，而那浪涛似海，让我们带着梦想的翅膀飞翔。人生如水，人生如湖，人生如河，人生如海，快乐和悲伤如岸，人生如斯，冷暖双色。

　　入夜，双色的月光，在湖面编织璀璨，此时你又如一首小夜曲，涤荡出震撼人心的音符。那是大白鱼在跳跃，那是湖虾在细语，那是凭栏回首的赠予。

·色彩奏鸣曲

如今我回到了重庆，兴凯湖呀，我六十年的梦境终于再现。我收获了什么？我看到了什么？我无愧于此行，无愧于心，而你学会了欣赏别人的贪图，学会了更加疼爱自己。因为你成了名胜风景区，成为用命运之手引领我跨进一个思维起飞的新兴领域。

每一条新思维的路，都珍藏了跋涉，是兴凯湖让我血脉偾张。你的每一个目光，也都飘出了长着蝴蝶的三月，因为你快要解冻。你半年的冰天雪地就要属于春天，那时的你响声如雷，那时的你地动山摇，那时的你飞浪不再会有偶然的仵靠，你会像一艘巨舰，坚定不移地驶向彼岸。

每条行走的路都会珍藏方向，兴凯湖，你也同样。漫漫长路，飞浪是不是也会有偶然的契机？扬帆徜徉天地，你永远属于水的世界，每朵浪花都在发现新的橘黄橙绿。我们可以听见鹁鸠在湖之洲啁啾，它们谈的是漫漫人生路，其中饱含哲思。我们在这里可以将生命在真谛里净化，感知思绪与理念，让她在命运的平仄里永远如湖水。如那绸缎般细腻，如湖水般滑凉。这是一条永远浸润月光的小路，是兴凯湖用珍藏的卵石铺成。在月下永生永世泛着朦胧，梦幻之湖，希冀之湖，桓亘在你的灵府之上的是我的心滔滔逝水。兴凯湖，你在我心中，举足轻重。我知道你那蓝悠悠的静水下，一定也潜伏着万仞深潭。这，就是我六十年的苦恋终归。是呀，你的湖大得看不见岸，可是你一定有岸，那岸，也一定就在我心中。

车博士

　　秋天的公路交响曲，是你的主调。心中孕育的希望默默相闻，那是你时时期盼车轮旋转出馥郁的芬芳。

　　车博士，你的衣服上总是沾满油迹，可你的心用一次次浪漫的游历，去时时托起沉重如山的方向盘。方向盘在液压作用下虽然很轻，可是在你的手中，它却重如泰山。

　　你拥有能真正意识到向远方的思维，这思维是否能承担起旅途的重负？十月雨梦一样地展开，车博士会骄矜地回答："我不是博士，我只是汽修工。"可是你的招牌上明明白白写着"车博士"，这不会错。因为你长年在工棚，却天天走过许多漫长的路，并且会用车轮，去昭示出旋转之美，执着之美，燃烧之美，生命之美，奔腾之美，献身之美……

　　如水的倾情将如水而去，车博士，你的窗扉是一个永远的春天，展示着烟尘滚滚，引擎轰鸣。如水之柔情总是在太阳升起的时候，用喇叭声去扇落清晨的淫雨，淋湿夏天火热的祝福：今夜无月，我的车将上路！今晨无风，我的车将上路！男子汉，走向远方吧！青春的号子将如雷鸣在荒野中炸响，沉滞的江河会因此而苏醒。

　　此刻，公路交响曲成为车博士的主题，司机的汽笛会唱起红绿世界。汽车在你眼里，永远是一张蓝色的帆。

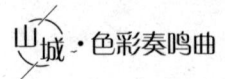

走了,伴着喇叭的奏响,牵着驾驶室的孤独,去重复那条旧路,远方,总是一片思念的朦胧。

你弓着背脊,撑着木杖,陡峭的山坡,和太阳一起前进的,是你的影子。那影子,其实就是你的灵魂,在与大自然抗争。可是汽车喇叭在响亮地向全世界宣告:你不是老人,你的青春期在汽车修理工棚,在奔驰的粗犷征途。虽然你不是司机,可是你的魂魄在车上,你用沉重的声音,将大自然雄性的基因,焊接在你的生命之中。这就是你,车博士,我的远航,我的鼓浪,我的春风相伴,我的港湾月光。

车博士呀,每一次汽车保养,都是一次受伤的停泊,是一次呼唤的歌唱。我的车在你的工棚,浓缩成一条琴弦,马达终将会吟唱在祖国的手臂。那手臂就是遍及大地的高速路,无论波涛掀天,风暴肆虐,大水奔涌,雾霭弥漫。世纪会赋予你无与伦比的厚爱,因为汽车是力量的旋舞,汽修工是魂的升腾,车博士是情爱的冲突,美丽的涅槃……

月光

这个时候,世界在黎明的怀抱。

疏星如情人们注视的眼,在他们交际的黛影里,心跳声干净,清晰,温情,蜜意。月光不只是与疏星温存的情侣,她恍若原野上驯顺的牝鹿,看见她,美丽的母性光辉就在涨潮。

屋梁有风掠过,窗外有风掠过,我留在心间的是淡淡羞涩的情怀,仿佛外面下起了星星点点的芭蕉雨,庭外还有一片片飘零的玫瑰。

我不会品尝注释生命的箴言,月光更不会随风而逝,那嫦娥的日记如粉蓝的诗篇,留在心间的肯定还有玉兔般的思念。

月光是没有思维的煎熬,更宛如一只找不到归巢的小鸟,要不要用一个月饼去甜蜜?还是由美丽的仙女嫦娥,去品尝那人间玉液桂花佳酿吧。我不要什么永恒的承诺,只要月光打开岁月,只要你的天空永远有月华的光辉盘旋。

孤独挣脱了世俗缠绕,月光的寂静和淡淡落寞在枝叶间涌出,我望着一如寒色的满窗树影,梦寐以求登上月宫去奏响霓裳羽衣曲。那时,我眼中的浩瀚海洋和明媚天空,根本不是什么平分秋色一轮满,长伴云衢千里明,而是西施醉月三潭印,金瓶梅中取玉壶。

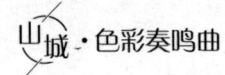·色彩奏鸣曲

月光其实分不清青苔忧郁的是非，只知道后羿射落了多余的太阳，才有了一片海滩般的遥远，才有了投视于无风也无飞鸟的天边。我那些重重深埋心底的故事，在月光中终于找到了迟来的亮色，即使滴落在石径上也会铮铮有声。

月光其实是在很遥远的天边想你，我划个圆圈没有起点和终点，我们不妨在自己的家门前把久累的牵挂轻轻扔掉，等那世界原本如斯的壮观冉冉升起。

茅洲河的蓊郁

世界没有比欲望更深的河,更没有比脚步更宽的水。人们的追寻,有的只能是茅洲河畔的蓊郁。这是秋天的收获,这是成果的丰盈。

道旁的草已悄然爱上了天空的星,夜晚的精灵将思念缀满了那份凝碧,世界在无言中变换色彩,航灯在暖暖的阳光下纷飞如霓。几年的努力没有白费,茅洲河再不会缺水。努力是一枝紫薇,浅出几许初萌的芳菲,更是长安镇人神秘而深邃的安然梦境……

我站在世界的边缘聆听,茅洲河在安然入梦,又在静静流淌中吟唱,人们的灵魂在暖暖阳光下缓缓飞升。窗外,美丽的潮水为生命的不朽吟诵,不知从何时起,过去河流的病榻已变成青青的草地。

在河边的凳子上,不知何时已依偎着白发老者,在黄昏的火烧云中,他们由风自远而近,宛若拨响天籁之声。河水的阵阵波浪吻击堤岸,仿佛原始的野性在沸腾,一切都邈远了。过去的呻吟已不再战栗,雨在缤纷的山野将被黎明展示,你被岁月深沉了情感,晴空如多情的桅杆,划进你悄悄盛开了的长河故事。那故事里有很多果子,一河纯真,不知道有多少甜蜜,有多久摘不尽的归期。

野渡无人知晓,渔舟划开相思,子夜寻求背景,河水

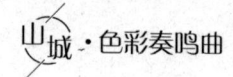

载去迷离。史上有大禹治水，现实有群众陶冶，茅洲河水如月光一样，将长安人漂洗，清波逐浪，我们都成了浣纱女手中的那方绢巾。

那是一个轻歌欲飞的长安梦，那是一个幸福吉祥的五彩园。我们日夜挥动那沧桑的方绢，我们领悟那治理环境的铺展，我们望着这一片故乡的原野，忧郁的心灵将会得以栖息。几遭几度的人河相处，几遭几度的人水和谐。这田园，给我们永生永世的生命启示，而我想，不久之后的青葱繁花，必然会河流万古，铭记往事。

茅洲河所有的人都意气风发，长安镇正在用更加雄伟健悍的体魄，在苍穹下高高屹立蓬勃和巍峨，这棵巨树并非是为了霸占更多的泥土与空间，而是为了去抗击更大更猛的雷霆和风雨。我愿意默默记录茅洲河的变迁，我愿意微笑着奉献给你一片白云，我愿意微笑着奉献给你一河清澈的泉流，我愿意微笑着奉献给你满天七彩的霞霓，却不愿意让你知道那是我激动的泪水蒸发而成。

茅洲河就是一大片土地，可以生长稻菽，也能生长草稗，可以孕育善良，也能繁衍罪恶。纵然往事如草，岁岁枯荣，我也再次奉献给你一个朦胧温馨的月夜，不过这次我要让你知道，那是我热爱长安镇的热血在喷涌……

我要让我的笔去歌颂，茅洲河的蓊郁，我愿你永远年轻永远美丽，永远纯洁永远幸福。

向人生再借童年

人生往前走,会是越来越深的秋天,我知道将来童年会越走越远。凝重的日子,其实就是成年怀念童年……

童年是花,想起她,人人都会流下晶莹剔透的泪,那泪流在心里也永驻心间。童年是浪,惦在心,个个都能翻腾青春船舶的帆,那帆,张在胸怀也永竖胸怀。童年是星,挂在天,夜夜都会亮起遥远银河的光,那光,握紧梦魇也闪耀梦魇。童年是河,淌在月,其实,人生是艘以你命名的不朽之船。

那船,飘逸人生更摇醒人生。童年永远漂泊在我人生的长河里,总以为,即使那童年的船越来越远,我也一定能一眼看见。

童年永远走过了我生命幽深的暗河,暗河无声无息逝远,我却突然听见一个熟稔的声音,在喊我的童年,在呼我的过去。然而,却不知今生今世,童年那朵天真无邪的浪花,是否还会轻轻荡醒我的人生。走了的,不会再回来,逝去的,不会再倒置,我还有什么可以忧伤的呢,我还有什么可以厚爱的呢,我还有什么可以期盼的呢?

只能向人生再借童年,只能吻吧,笑吧,哭吧,只能让童年穿过人生的一切屏障。因为童年眼里尽是大海,尽是航模,尽是蓝天,尽是信念。童年的蓝色里更尽是诗歌,

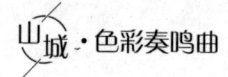·色彩奏鸣曲

随手一攥,我就能抓起一串串又红又甜的美文。

不要问我,有什么愿望,我只是在想,人生意味着什么,要如何面对现实,托付未来?童年难道只属于古老的昨日?人类生命的烛光,跃进了岁月的明眸,日历无情地走过了童年的页面,我们向人生再借童年。

你的作品

秋天终于降临,没有梅香,更无雪意。

你的作品难道就是如此这般像极阳光下的块垒,只能让我看见你是一首凝聚的小诗,或是一篇三年前就被爱情之刊抛弃的散文?我只得撤去心中的铅板了,避免读者批评你,一稿两投。

你的作品呀你的作品,你刺伤了我的自尊心,尽管我每天为你弹琴到深夜,尽管我每日为你讴歌到天明,就这样,你还不让我亲近。不让我得到半点爱的温暖,而自顾自地拼命成长,成长为一棵参天大树,一座熟透了的橙色庭院,馈赠给人间万花筒般的收成。

凝视你如十八岁般少女的面容,你永远是一尊高雅美丽纯洁温情的女神像。在这诗歌一般柔丽如水的秋日,请允许我联想到世界上最最妙曼的声音,为你祝愿,为我祝愿,为大地祝愿。不必举杯,只需要伸出我们的双手,去把金黄色原野上的收获,录入永恒的记忆,永恒的未来,录入历史的作品书籍,录入季节的典本。

在故乡,秋天以诚挚之爱向你祝福,无论是迎面走来,还是并肩而去;无论是萍水陌路,还是相识相亲。莫要询问,莫要表白,波动的心律自会相互感应到秋天的作品。同顶一片蓝天,为丰收的作品同踩一块大地,我忽然想起却又瞬间忘却。是的，何必举杯，无言的祝福胜过了万盏美酒。是的，何必欢呼，秋天的微笑才是真正的作品。

古代哲人说过，是那四季的长久回味，诱惑了本是宁静的世界，通向陌生的路其实最近，通往心灵的路其实最远。秋天回答了爱的真谛，丰收是一杯酽茶，丰收是一杯琼酒，应该细细品尝，回味长久。这些都会远远超出作品本身，在这诗一般明朗如春的日子里，秋的作品显得更为饱含幸福。

你的作品如蚀刻在季节上的不朽版面，当山城如牛犊般驮起期望，当蛙鼓从田园里荡漾而来，我掬起一捧醇厚的秋晖，迎风奔跑进多梦的天空，沿着心中的潜流细细地咀嚼，更如一尾鱼儿，在潜流里缓缓游向秋日的深处，深处……

秋天的鸟鸣声如美声唱法中的华彩部分，歌声缠住了我的情不自禁，我的万千思绪。我在想，往事依稀在暮霭里，欣赏作品的幸福无法言喻。也许，我的心儿能到达一个遥远的星辰，可是，她永远无法在秋的草坪上翩跹飞翔。不，我就是要到遥远的天空去，采撷奇珍异宝来献给你的作品，是的，你的作品就是一棵季节硕大的蒲公英，随风撒落自己青春的种子，飞向何方呢？不必担心，毕竟，到处都有爱的土地。

如鸽放飞

　　枫叶从大山里踏秋归来，走进繁华市区。层层叠叠，悠悠长长，是行道树的风姿，是夹竹桃的笑颜，是星月鸥翅，是啁啾鸟语。在长江和嘉陵江边，仿佛是用红色的手指去揭亮水面的肌肤，星光明灭。秋风是一把暖和的梳子，梳不尽山城的鲜艳色彩。崇高的情感润泽我的心胸，远眺郊外的丘陵田野，枫叶像一簇簇跳动的火焰，如鸽放飞。

　　鸽子在蓝天上盘旋如画，红色的艳阳在留恋昨夜梦境。秋日的苍茫时分，长江上归帆已远，我试着用手指去揭开水面的波浪，感觉到水中有你的笛音袅袅传出，江面起伏的旋律欸乃声声，宛若新荷出水篷舟似菊，洗亮了淡月的碎片，洗亮了星星的夜晚。放飞的枫叶放飞的鲜艳，放飞的秋天放飞的欢乐，我打开了心儿的窗户，秋叶是一面召唤生活的旗帜，迎风猎猎飘舞。

　　如鸽去放飞吧，采撷那片片的红云作为披肩吧，战栗的悸动从秋天的脉管深处传递过来，注定要在风中歌吟一生，喧哗一生让岁月尘封的生命重寻纯真。清波逐流，山城，徒然成为轻盈欲飞的交织原野，在古老秋季的窗棂，挥动沧桑。

　　看那一群群候鸟唱着秋歌寻路飞来，是环境改变的几遭几度，清新而神圣。这田园，将我们陶冶，如鸽放飞，

在蓝天徜徉，让我们领悟，等待啄食秋天的第一缕阳光。

当我们的母亲和父亲穿着褪色的衣衫走在解放碑，云雾不语，星天不语。我们的先人于遥远的朝天门码头，铭记往事，从此让漂泊的心灵得到栖息，得到一种力量。今天我们的胜利凯歌如鸽放飞，属于山城的那一段充实感受，早已走出了悲欢交织的原野。要知道，暴风雨中海燕的翅膀是沉重的，沉重才是我们磨炼后的翘首攀登，永无止境。

背负着用你的季节编织的蓝天，好比夏日，标出火热的走向。放飞的意念寻找着如浪花一样的白果树叶，在中央公园的草坪上，听历史撞击现实发出的回声。白果树叶化成白鸽，把草坪幻化成大大的爱之心境，云抱着秋天的阳光，圈着我们的人生。这心境叫人走不出来，也走不进去，如鸽放飞，别忘记了，在和平中多些微笑，多些相偎。一阵阵幽幽的钢琴声发出历史郁结弥散的余音，那是智慧公园的机器人在倾诉召唤之美……

斜阳掩面

　　淅沥月色，是秋天远方不眠的足迹，那片片云彩，狂嘶奔腾的流年，蓦然背身而去。斜阳掩面，看着那无数次驶过嘉陵江的船，在视线中远行。

　　解放碑上的钟声呀，多年在我心中成了丰收的拱门，秋天的果实累累，如造物孕育着故事，一切脉搏都在秋天的无私奉献之下跳动。阳光的重庆好一片风景，在人生的画卷中挥洒自如，在情爱的托盘里循环不停。

　　斜阳如梦魂呜咽的潮汐，以及不积小流，无以成江海的接踵岁月，夏天走过的那些炎炎的日子啊，我听到了熟稔的季节琵琶在掩泣，掩泣在你幽深的暗河里，能有几多忧伤的前生今世？只要你心是善良的，对错都只能是季节的事。既然已越过江海的深浅，再不会顾上琐碎的恶意。

　　掩面的季节琵琶呀，你应该知晓，每一个生命的春夏秋冬里，都会有最困难的一段，一段月光所照的皆是故乡。夜月总是一帘幽梦，人又何必掩面而行？秋天已挂在无云的心空，她会是一只候鸟，飞翔在吉他古老的弹唱中。于是，我想起了故乡，还有我寻求的星辰，那些飞翔不尽的收获暖意，还有那些欲醒犹梦的艳阳高照，这时我才有点明白了，原来秋阳也会是火热火热的。

　　岁月所到之处，秋天也懂得了，与其互为因果，不如

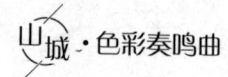

自成风流，斜阳不再会掩面。有如黄昏的彩霞，有了许许多多悲壮的陨落，得到了的又失去，失去了的又寻回，有爱失去了爱，有家失去了家。

斜阳掩面呀，我到底失去了什么？你应该知道，你并不是一个踽踽独行的旅人。是的，你从前是孤独的跋涉者，但自从有了爱，来自共同支撑着信念的爱，你就不再用你的戒备森严去包裹自己，而是卸下心防弹那走调的琵琶。于是，我想邀请你倾听我的歌声，山城最美丽的歌声：科技变幻，诗意栖息，珍惜昨日，拥抱明天。

这应该就是秋天的尾声吧！秋天呀，一眨眼就是一天，一回头就是一年，一转身就是一辈子。所以斜阳掩面走着走着，她就哭了，然后又哈哈大笑。秋天把世界拿在手里，就是为了一样样地放好。背负着爱情的心灵，依旧在季节里绽放。斜阳不会再掩面，毕竟人间到处都会有花香。

D，冬之卷

冬之卷

我从未见过这么美丽的花,那么晶莹,那么剔透,宛若银色月光铸就的童话……

我用心去轻轻触摸,刺骨的寒冷告诉我,那是冰凌花。在你的面前,我读到了季节最壮丽风景的序言,这般潇洒,这般飘逸。我拾起一朵冬天怒放的风采,瞧,多像朝霞里还未醒来的一颗星星。

这就是冬季的徽章么?还是夏天琉璃般的阳光进入梦乡了?那迷迷茫茫地走过岁月青春的日子,天真的寒冷缩进大地的脖子里,我听见一个熟悉的声音在呼唤,呼唤什么我听不明白,只知道冰雪中弹奏青春琵琶,也会和你一样冰冷铮亮。

大树和草丛变成了大海里罕见的珊瑚,行走其中的小女孩啊,那是卖火柴的小女孩吗?她去了哪里?是在冬天缩着身子,去做甜蜜的梦了?我写下日子走过的颜色,那是什么颜色,是白的,还是透明?不,这种颜色不是普通的颜色,她有一种神奇的魔力,她能洞穿一切黑暗,仿佛一刃利剑，能劈开一切卑劣无能，冻结一切世间魑魅魍魉，她绝没有那般温柔亲热。

冬天，她的冰清玉洁可不能与你同日而语，因为你们的本质没有根本的秉性。但是，她爱情的坦荡无垠也与你的雪原相近。于是我只好把我自己变成雪花了，飘洒在这北方的土地上，把世界拥抱……

啊啊啊，一片片地摇荡吧，不要着急地表白生命的幽深。多梦的夜晚，白了世界，白了踪迹，让她们静静地切入冬天的脉搏。

我写诗累了吗，为了解压，有时我也会挽起冬季的胳膊，蹦蹦跳跳去舞蹈再找回春天，这就是冬季里的生命幽深在暗河里流淌。

我和冬天会有合拍的脚步吗？我们会一起在旋转中充盈青春和热情，去击破孤寂和沉默。雪白的天空里，她向我跑来，嘴里噙着一朵小小的冰凌花。

其实，她就是一朵硕大无朋的冰凌花，她的背后，也是冰凌花般的云霞，冰凌花般的云霞又像海潮……于是，雪原就在她的身后展开。

跑过来了，跑过来了，我向着她迎上去，随着她跑过的地方，冰凌花跳跃着，轰轰烈烈地怒放了……

这是看得见的音乐么，这是我有生以来第一次感受到的属于我个人的幸福。

我猜测，冬天，其实总在等待一个个暖融融的故事。

冬季，是我的情人。

明明净净，清清朗朗，没有一丝的飘浮与混杂。情牵意绕，无间无隔，神游万仞，意迷八极，一切竟然全都融化在那清寒的灵魂之中了。

在我的凝视里，冬季是情人清纯的微笑。像一次动听的探询，像一支深情的民歌……

逝水忘川

　　当花绕屋檐，季节望眼欲穿，你的温暖和甜蜜再也不能等待。但是你的阳光和想象有如待放的花苞，一瓣一瓣地依次张开，不同的天气在击打往事的堤岸，逝水忘川般地把一个世界紧紧锁在心间。那是不是冬天，她总是带着冰冷的娇羞，欣赏别样的风景。

　　我想起温情四月，我曾在我的过往岁月为她写过诗篇。然而青春已成失去的记忆，曾经的漂泊已璀璨为初冬时分的霞霓了。忘川也并非是什么不好的事，相知很近，忘川就忘川吧。可是空旷的注视与密深的飞翔都在冬天里因错误而美丽，即使在高远无云的日子，依然难以明晰。

　　进入初冬的时候融雪之声如箫，如散漫的玫瑰根须斑驳交错，如无序的鸦群噪鸣。其实冬天并不会冷藏沉毅的战栗，季节的幻影暗香浮动。距离是永恒的一个过程抑或一种表述，不用再去想什么逝水忘川了吧，那不过是时隐时现的一叶归帆，冬天是不会消逝的，她会永远活在春天的心里。

　　冬天本身就是一段逝水忘川的赞美诗，我不过是在用生命的原色渲染着生命。风已初到树林的时候，被滤成尖锐的呼啸，在季节膨胀的血脉中流动。你是否见过古代巴人用硬腭举起的长号，那悲壮的号声吞没山河奔流不息的

呼啸。

天空浮在河面水盈盈的倒影是一幅抽象的画面,那是漂泊在阳光下的萤灯,波光纷纷扬扬,巴国的后裔们扛着生命之树,满目疮痍的土壤以褶皱的梦呓叩击逝水忘川。那是让粗犷的民歌再一次熟悉河水,再一次熟悉上弦月,柔白的月光飘洒在桂花树上,呼唤成河之浪脊,披散成阳刚的瀑布。

一川三途逝水,悠悠忘川东去,我的出发正好在你清晨琉璃的梦中。你是冬天,可你也是西部的风,我想要越过逝水忘川,越过清风月朗,越过地老天荒,越过无尽岁月。

在冬天里想着一江春水尽成往事,然后让稚嫩错过,缘分转身,蓦然回首间,转念却又化作云烟。

冬之温泉

温泉是在岁月中熔铸的,是祖先们的生命。

南温泉、北温泉、东温泉、西温泉……那是重庆人的驼铃,唱了好几个世纪的叮咚,那旋律唱出了重庆人的傲岸与困惑。

高高的喷泉呀,上面站着山城的绿色芳菲,爱的旷野。好比那热气氤氲的重庆温泉,从阳光的叶脉里点滴渗透;好比那百花齐放舒张的柄臂,要去摘取那蓝天的旗。

温泉和大地是树和藤那样的多情;温泉和大山是断岩处拾来的偶然。

断岩处来不及选择,温泉就滴落了,却跌落成一种壮观、一种飘逸、一种迷迷离离五彩缤纷的星辰。

温泉是一个天空山川湖海日月的梦。在梦里,重庆人探索自己也探索别人;在梦外,重庆人寻找生命之源,寻找无边的大自然。

温泉是一种思念,更是一种无声的锤炼;温泉是视野里飘动的蓝纱巾,温泉是星空下悉心洗培的勿忘我……

温泉呀温泉,是我们重庆人希望之舟上一篙又一篙永远撑不够的春梦呢喃。

甘之如饴

寄情过去的日子，回味鸟翅的奋飞，那是走出了季节的岩壁。我不喜欢河流幽暗的蔚蓝，只钟情踏鼓而舞的重新涤荡。寒冷只是一种点缀，既然你不来，不来补缀我被阳光洞穿的心事，我就只好告别了。

没有人会注意我的生之琐思，沉落是忧伤，飘浮是欢乐。我不知道冬天是不是理解，管她呢，只要两江懂我的蔚蓝。你应该明白，我甘之如饴的不仅仅是冬季的严寒。在冬天之外，还有另外一种颤动的力量，那是天空倒影在河面的蔚蓝。

光阴是陈年之酒，秋天过后肯定会是冬天。有些风景要隔着岁月打捞，那些被时光的梦呓泡过的片段，虽然早已因炽热的阳光迷途，但是季节还是季节，虽已泛黄，它却依然是心扉最美丽的印迹。什么是最甘甜的曾经？而那些曾经，早已牢牢地刻在心里。不用再论什么光阴了，河流于残损的岩壁停顿，那是大自然让新的船夫重新荡涤，那是季节在蓝天的投影下抖开一道太阳的色彩。

季节无形的门向世人敞开，进入岁月，就是进入一种状态，一种心境，一种甘饴。一种从高处神秘奇幻的冬天油彩中提炼出的建筑物，她会以肃穆的气质坐落在历史和现实之间。那冬天的脚步不会停顿，雪白的橄榄林永远有凛冽的风在舞蹈。灿烂的阳光不会只在夏天，我在每一个清晨都会虔诚地将她期待。

　　冬天的高坡上，弧形的山脉连绵横亘，稀疏的高山植物在寒风中以倔强之姿生存，冷冷的阳光随意地飘落在石阶上，甘之如饴。我向两江走去，嘉陵江与我默默对视，长江与我天各一方。冬日的黄昏是一坛越蕴越醇的老酒，我甘之如饴的老酒。今天，我又来了，可是并不是那个黄昏，一切都已逝去，只剩下孤零零的男子汉，那腮边的络耳胡负了一笔无法回报的心债……

陈年光阴

　　那些个曾经呀，真的真的，已经被我埋在心底。光阴本来就是一杯陈年的酒，好比说人在夏天，就会想到缔造幸福与痛苦的花香，即使我忆起那个伤感的冬日也有美好。有些风景，肯定要隔着岁月去打捞。那些被季节泡过的片段，虽然泛黄，却依然是心里最美丽的陈年光阴。

　　如今，回忆不只是一种缤纷色彩，她也是一种可以慰藉心灵的方式。或者说人的面容本来是掩映在夏天，虽然光影绰约，却无梅香，可是当你掬一棒夏风，细细地品味，你会感觉到有一种岁月的陈年在血管里涌动。追忆春天，秋的蹄声会于风景线上泛起美丽的目光，并随着心底的潜流，情不自禁地融入夏风。透明，热烈，有深厚的乡音，怡情的巴渝，为不同的人不同的心声，酿造陈年的酒。

　　光阴是酿造出来的吗？其实即使在夏天，你也不能把烈日的威力当成一种罪恶。因为远方的海风，已经将前方的路途清扫，牵引着你的航程……

　　而你呢，诚然会让我驻定守望，我又何以去沾那些陈年之酒，聊以自醉？要知道，告别残春，听秋的跫音渐渐走来的日子，才是盼望已久的归程。而覆盖的温暖，好比陈年光阴，在蓦然回首那一刻，与我默默同行。

　　只要你的阳光没有丑态百出地伤感，没有忧郁和娇弱,陈年不陈年,都无所谓。可是光阴在岁月中无以把握。我们需要一樽老酒,一弯残月,一缕花香……故人身影,化作走不尽的旅程。边地的篝火,洗濯寂寞与茫然,能够如剑穿越,那种旷古的原始之初……

在生命的旅程上,我们相逢了,陈年光阴,伟岸的山峰,慷慨的赠予,或许,我们是被这朵奇异礼花的邂逅醉倒了。这光阴的礼花,将会自己感觉到自己的陶醉,火一般的感染,水一般的飞旋,电一般的传递,其实,醉了的人生来自醒了的痛苦。我们不须言语,或许是因为生命的沉重,我们才有了诗歌,才有了属于我们那条美丽的季节曲线。陈年的光阴,随意地绵绵延伸,如缓缓飘来的白色冬云。

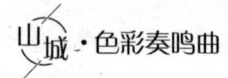

憧憬蜉蝣

长夜不眠,蜉蝣的湖海之手,触摸着冬天田野里的清风,终于没有如期赶到我对你的思念。何以要告示我对你的一往情深,冬天本来就是一个让人眷恋的日子,你是这冰雪上的孤客么?小舟的缄默是一把锁,她能把一个世界紧紧锁在心里。而扬起的的风帆总会像初升的太阳,不管两江加起来有多长,不管嘉陵江和长江的蜉蝣有多少,总能顺流直下,到达彼岸。

当你蓦然回首,这一切的一切不过都是些浮云,春夏秋冬依然是岁月的席不暇暖,要呼呼大睡就呼呼大睡吧,要尽情地想象就去想象吧。你应该庆幸,黑夜的手没有抓住我,可是它更没有抓住你呀,你就乘着春天花朵的小舟,回到此岸吧,毕竟,我就是那制造蜉蝣憧憬的风帆。

你不要将几年的积蓄全部作为大雨下完,我看到了列队的花苞,还有冬天的骄阳和我的想象。是呀,不管有多少憧憬和蜉蝣,我都会将动听的旋律和迷人的俏丽,全都插上想象的翅膀,去像蜉蝣生命一样流浪。天上的云霞一朵一朵,开成了少女的笑靥。那是因为憧憬蜉蝣的薄情深谷挡住了我轻松的日子,陷落的是荆棘和叹息。

我默默地站在河边,至少,我不会怀疑走错了地方。有人告诉我,蜉蝣的生命不在这里,而是在不能流动的水面,譬如兴凯湖,洞庭湖。其实,我就钟情大江大河里的生命日日夜夜川流不息,小小的蜉蝣也能在江河中拥有独一无二的史诗。

不朽的诚然是永远不朽,蜉蝣以她俏丽的生命带领我走向创作。她们在水中轻盈地向云端踏去,波浪在唱颂着芳香,我的心在渴望生出翅膀,飞到那云端中的远景,再把轻轻的日子留在泥沼。

血色浪漫

  冬天黄昏绽放娥訾的一瞬，人类读到了古人留给岁月的财富。

  血色浪漫的黄昏呀，火烧云是室宿和壁宿的产房么？或者是古史相传帝喾妃常仪的称呼？或许都不是，她只是冬天里的一把火，为日月肩负着人间沉重而苦难的日子。是呀，晚霞即将消失，面对秉笔直书的史官，和那凝眸微笑的观音，好比岁月已经敲碎人间黄金般的年华。不再需要记忆的一口一口，一杯一杯，醉了眼前的花花世界……

  黄昏之愁浸在酒杯中，于是永远饮不尽这杯久久不能放下的心思，醒着的仍然是夏天那片火红淬成的死结。那时天幕已积满眼里的苦涩，晚霞在记忆里燃烧，嘉陵江和长江的高唱入云，你就像背着母亲，偷偷离开故园的孩子。

  我怎么感觉到这血色浪漫有点伤感呢？是宣读的方法不对，或者是别的什么古语用得不是时候？总之娥訾是真的存在的，好比冬天的那个完美的结局，纵然只是一天中的消逝，你不能不把它和星宿联想在一起。那些个美丽动人的彩霞，仿佛人生的密码，是黄昏非黄昏，似晚霞非晚霞。冬天的出现依然会如同梦之遥远，血色浪漫更是我眼中的真实。

  是呀，你岂止只是那生命中的彩虹，我能够读懂你的相思，却像一叶迷途的方舟，永远寻不到你的尽头。你的心儿就是那片遥远的海，你的目光就是那条漫长的河。算了，我不用再去寻找那永远找不尽的怅惘，何必呢，血色已经浪漫，红艳，燃烧，火浪，烙印。冬天的黄昏就是纵情与青春的窃贼，让生命的血液层层喧腾，战栗于永不凋谢的柔肠寸断，似黄昏非黄昏，似血色非血色。让灵魂回归辽阔的天空，叫落英蓬勃于昭示的光明，依恋几分难过悄然，镀金缕缕涌动燃裂。

　　此刻，几只鸥鸟抖动双翅，太阳神才是那团岁月的生命之火，优雅地如百年彩蝶，膨胀着黎明的欲望……

冬藏

　　阳光是一张金色的请帖,送往苍茫的青山神圣的季节。那是个醉人的冬天,皑皑如博大的万丈霞光,大地的圣者老臂不疲。冬天是季节的苍老么？大地母亲从冻土中悠悠地醒来,这已经蕴藏着生机。

　　老臂不疲的冬雨,洋洋洒洒淅淅沥沥。你是柔,你是泣,九十九重严寒被你击败了,你是芬芳的春之前奏曲。有人说,冬天是季节的苍老,可是你正在一片朦胧中回味昨日的霞光。又是雨从天而降,浸地而去,秋转春回,夏去冬来,是岁月长河的默契。

　　我爱那冬天大地的山一览无余,伴你归去,唤你同行。于是,太阳便从那一冬更比一冬寒中,把自己坚毅成全部奉献的伟力。她似乎永远不疲的眼睛,充满了将拳拳赤心献给时代的胸无城府。

　　望一眼远道而来春天的影子,你走进来,走进一片熠熠生辉的晨光,山坡上开满了生命之花,月亮是朦胧的倩影。我还是把冷冻的空气温馨成内心的凝滞,不过老臂不疲的是心弦已成为一首着满色彩的诗篇。

　　白茫茫的世界呀,冬天还没有波澜不惊地留下归路的雪影,西北风横蛮地挥毫泼墨,冻得通红的小手,连同我的心儿都成了冬天最火红的等候。下雪的大地成了一张宣纸，远方的人儿啊，我爬行去追你留在归路的雪迹，那茕茕孑立的枯树，成为冬天的魂魄，没有你的归来，岁月会拒绝消融。

　　在孤寂的和谐和喜悦当中，犹如那夜空中沉默的星座，我的一半给了你，你的一半给了我。这就是冬季么，难道说黎明是因为你才迟迟开启？贪心的夜晚衔去了你的半个梦，去老膂不疲地拱卫荒漠。岁月之手掀不动目光的钟摆，还是相信如期而至的冬日，因为你每一次的到来都会告诉我，大地的呼吸才能打开我心情的按钮。于是，从黄昏到黎明，很久以来我就会躺在一个季节的破琴里，弹奏那音乐的意象从而濯洗我露湿残垣的诗情……

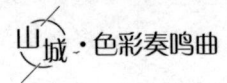

岁月无声

在冬天,你有过喧哗的一生么?冰雪风霜,心若浮云,奔流的时光转眼又到了岁月无声的凋落。往事如一叶搁浅的小舟,让任何心碎的事都能淡如云烟。

你的船就是你的犁,在一片浩瀚动人的冬原上,耕耘着人生的希望和尘封的回忆。其实,岁月才是真正的作家,她的歌吟人生天天都在谱写篇章,我下定了决心,可是只能写出幽蓝色的寂寞。为什么是这种毅然,可能还是岁月无瑕的原因吧,请谅解我,这不会是欺哄。

能够欺哄的是充满被爱者的幸福感,君不见,那些陷入爱情泥淖的男男女女,都会迷失了方向,怎么样千回百转也找不到归路。冬天是这样,可是到了夏天,还是心若浮云,浪迹四方。

冬天的天气是纯洁如湖的眼睛,她能如期地窥视什么才是无声的岁月,是那岁月在引导我心灵中的韵律让歌声四起。唱什么也不如歌吟单纯的欢魇,而冬天的众多风景,再次汇集于故事的新血液,让季节的评书高声去重寻纯真。

因无声而纯真,因纯真而美丽,这就是冬天的真谛,而岁月总是让冬日的黄昏充盈着飘舞的裙裾,宛若夏天的火烧云。我不想再去寻求什么文学之华丽了,就沉沦在这冬天的神奇里,沉陷在这无声的岁月中,就会浮起那段飘逸的小诗……

　　有人会在雨中抹去泪水，诚然不是被我的诗歌感动。冬天的背影如孤帆摇晃，潮水退去，天地渐远，白沙黄草枯蔓，大海星空湛蓝。雪如梅花，冰封变幻出一场冬雨的柳笛，吹出郁郁葱葱焕发的季节魔力。那是春天的绿绽放着点点的生机，是迷幻的光芒在岁月里一年又一年落花蛰伏。

　　你听听那对鸟儿，在歌唱春天的风带来盛开的惊喜，因为岁月无瑕，春天总是在不经意间到来，突然睁开蒙眬的双眼，让腊月的风忽冷忽热，仿佛在忠告那些迷途的情侣。煎一剂立冬那天的中草药，再给整装待发的两江，套上厚裤绒衫，喝下那剂温情脉脉的人生，去为长江和嘉陵江喧哗的血液歌颂。

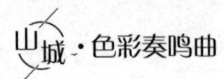

大势已去

　　旷野见证了年复一年的变迁,当空气中弥漫着温润,冬天就大势已去了。其实,空旷的注视不经意的回眸,好比萧瑟的晚秋,以无从感知的方式洒落冷酷,因为冬天打了败仗,春天的绚丽早已胜券在握。

　　季节是岁月的魔方,距离只不过是永恒的一个过程或者表述。旷野注视着冬天的潇洒,那是不是已经兵败如山倒后残留的骄傲如水的孤独?春天真的不会远了,是呀,冬天到了,春天还会远么?她绝不会是时隐时现的星光,朗丽无云的日子早已把春天的遥望铸成了一叶归帆。

　　何以明晰?难以明晰,阳光不再畏惧冬日迅疾悸动的雪之消融,如今她像含于孤旅者唇间的一枚橄榄,酸酸的,想吐出又不能吞下。于是,你以不能凝止的步履来搁浅岁月。一败如水就一败如水吧,有了季节赋予,贻笑大方也不是什么坏事。反正冬天始终在积蓄着年复一年的苍白,如同无序的鸦群噪鸣,好比鸦的羽拂拭你沉寂的战栗。

　　另一些人的痛苦,好比那些未曾展现的投影,如此遥迢的未必就是那只被后羿射落的无翼之鸟。

　　所以诗就是诗,你不必在意一个错误的美丽,一树相思在照耀另一些人的幸福。春天会回归自然,回归人性,一败如水是从虚到实,好比那荒原上犁的舞步,沉重而又执着。

　　走向绿草地，又见青青衣。绿色与春天的意蕴渊源，从荣到枯，都是情愫，是谁真诚且又清醒地唱响杜甫的缕缕清婉？我只看见了岁月那犀利的目光穿透了焦渴的期盼，南方多情而丰腴的少女，会不会就在享受温馨，享受爱恋，享受生命，享受大自然卖弄聪明。

　　而今，光远隔着金蔷薇漫长冬日的初绽，如一面不拭即亮的明鉴之镜，舞动美丽而执着的新蕾之艳。一败如水的冰雪构成的世界，在这里万物复苏，从新到旧，从生到死，阡陌与大道的辛酸难止难息。

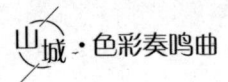

一步三回头

　　有的季节走远了，可是并未真正地远离。好比夏天，冬天说她是草莽，春天却赞美她是久负盛名的诗意之楼。秋天又执意地认为她是土匪，理由是风雷雨电太多太多，给大自然造成的灾难其实比土匪更恶劣。只有细致而深刻的岁月，才会洞悉得更多。所以在剖析揭示的同时，我们最好去聆听一下美好幸福的燃烧，不要像鹰隼那样尖叫……

　　冬天的余温真的不多了，春天也可以让沾满雪粒的文字披上光芒。何以要让西北风扫清道路？冬天会心静如水地说，雪像我，梅花似我，我虽然有冰霜的皮肤但也有火焰的喧哗，但是我也心中有数，知晓这样的天气不适宜种花种草。候鸟在催促，春天急于告白，冬天的信使却仍旧不紧不慢。

　　大雪却在为刚刚缓过神来的田园，披上加宽加厚的玄袄，织巾如绒毯般让山峦默许。之后的两江，总是让嘉陵江先去用白果树压边，长江之畔的我，边漫步边去网红的山城若风雪殊途，等待与春天同归。

　　季节就是这样在自然地变幻着，不管你说她什么，她必须把岁月走失的灵魂放回原处。冬天那孤勇的寒风中，花朵必然会在季节的深处复制。把豌豆花的歌声用脚埋进深沉的泥土吧,不要去理会那些变得梆硬的井水,仿佛是睡着在一粒粒沙子上,等待着被春天唤醒。

她的期待和候鸟一样,背负着一场古旧的传说,你应该明白春天其实是一场说走就走的旅行。铺陈在歌乐山的欲望里,去为那些养老院相遇桃花。四面山九百九十九步的爱情,或者更多的无度故事,甚至超越了上千步的沦落荒野,春天总是会找到冬天目光的深处,然后照亮那座山城。一行行南归的大雁在上下翻动,追着冬天的脚步。

两江水面上落叶纷飞,拍在岸上晾晒秋天。是的,在故乡,在老街,在弹子石,在南岸,有季节的呐喊有春天的澎湃,我就喜欢光着脚板徜徉在两江的余晖,用灵魂去倾听浪花和石头的对话……

在长江的浪花声中,再没有那阵阵回音了,只有一片叶子,一朵小花,在山沟的另一头绿化。这就是故乡的善良和归宿,嘉陵江绵延上千余年,流走了多少朝野、弦歌和美谈。

沉甸甸的冬

那是什么？那是痴情的吻，那是五彩花、那是玫瑰茶、那是田园诗……

听蛙声虫语深巷狗吠，似有遥远的石板路在梦里，狂欢之歌萦绕在耳际。照看着今天，照看着远方，照看着星光，照看着初衷……那是亘古不变的冬么？那是蓬勃的信念，那是葱茏的生长，那是不休的耕耘。

七彩的诗歌，流淌成我们不尽的爱河，隔日的纱窗，编织为我们寻梦的季节。曾不知几度飞鸟去又归，钟声依旧是八百年悠悠然，你们在生活中奋然向前，敲击着人生匍匐而行的山径，头顶着青春绚丽的光环，咀嚼着荣耀朦胧的佳作，引爆着命运缤纷的落英……

果敢地向前吧，携住冬天的潇洒，碾过雪花的朗笑，伴随堆砌的诙谐，翠绿梦中的驿站。

如果你愿意，笑纳我们贺词的几番吞吐；如果你理解，荡漾我们对饮的无声语言；如果你欣慰，灿烂我们祝福的流盼歌韵；如果你守望，昂扬我们温馨的盈盈喜艳。

既然，歌乐山已成为历史的积淀，沙坪坝已窥思出心灵的哲理。我们脉络般伸展的情感，就会在人生的扉页中探寻。冬天，那就是香气四溢的花朵；冬天，那就是生命丛林的壮歌；冬天，那就是心灵之帆的远航；冬天，那就是蓝色爱情的天堂。

冬天呀冬天，让我们记住她吧。记住她的美好，记住她的透明，记住她的点缀，记住她的跌落，记住她的迷离，记住她的沉甸。

冬天呀冬天，沉甸甸的冬天，迷人的赞美，孕育着春天。让我们在冬天打扮春天的花圃，在冬天憧憬火热的馥郁，在冬天编织曙色的阳光，在冬天晶莹晴空的浪漫……

把握人生

  那是个神圣的季节,醉人的恬静,好比我心爱的姑娘。啊啊啊,攥紧宿命吧,好幸福的支撑。腊月间的红柿子哟,好像红灯笼般静谧而庄重,似她的脸庞闪烁着新生的光芒。冬天里的春天,大雪中的火焰,是冬日在静卧着回味昨天的韶光,芬芳春之前奏曲。

  冬天的年轮旋转如飞,一不小心就到了中年,冬云就在天上,也在人间的低处。不知道什么是宿命吧?那就要看你是不是攥紧了,在冬天的雪原上写下的另一个名字,攥紧了在落日下的两条影子,还有那柔美的长句,我们无法知晓是否秋池已满,苔痕也只能深居简出,背影如孤帆在风中抹去眼泪……

  入冬的长句短句,当然会是诗的寒冷。我不会写诗,只是想把白沙黄草枯蔓,纷飞到天地渐远。是不是西北风扫净了每一缕阳光?我的宿命在哪里?余温已然不多了,因为春天总是要代替冬天,走向季节的前台。

  雪像我,梅像她。不,梅像我,雪像她。其实,我们俩都有冰霜的耳朵火焰的皮肤,那是青春的热血在燃烧,这就是宿命吧,拼命攥紧的是聆听默不作声的呼吸。艰险就是默不作声的,她要享受这人间喜乐,让诗中雪粒般的文字把春天搬到阳台上,我们的命比花草还要硬。

我不觉得，其实我们的命都硬不过岁月的蹉跎，更是硬不过冬天的自轻自贱。当然，她会举着自然的绿，装点出自己的天空。我只希望一缕清风十里香，再寻求到虎皮兰般的柳笛，变幻出一场缠绵的春雨。我们拥抱着宿命，那时无须攥紧不攥紧，因为娇绿的嫩芽绽着点点的泪，我们都在心田中郁郁葱葱焕发着新的生机……

　　这棵冬天的老树顶天立地，在季节里挺立了一年又一年，这就是它的宿命么？原来爱从不曾离开那一季的落花，冬季也从不会改变，这就是岁月在攥紧原有的荟萃，只是等着春雨再次敲响门窗。像蛰伏的冬虫在安眠间的双眼，会显示出崭新的希望和生机，我们就像那对鸟儿，再看那朵蒲公英，还有那迎风盛开的惊喜。

　　攥紧宿命只是等待，爱也从来不曾离开，冬天的冷风来过世界上若干次了，人心也是。不管是南北，还是西东，岁月就是这样告诉我们，面对无常，要学会适时以原始或朴素的心态，像暮归的老黄牛般低头喝水……

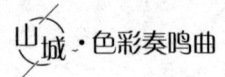

一笔勾销

掬起一汪汪纯净的水,冬天的冰雪在洗净岁月的呼吸。季节多病的身体是时光的苦衣,要不要把她一笔勾销呢?苦的赠言,苦的犁耙,苦的根须,苦的人生……号啕的苦,那是西北风的肆虐,航帆的苦,那是思念中的彼岸。如果在冬天抽打黎明的梦呓,春天就会伸展得更有韧性。为什么要用这些隐秘的心事,去揭示世界孤零零游荡的侵入?

因为缄默是夜的精灵。既然你不来,不来补缀我那被阳光洞穿的黎明,又不能够一笔勾销什么,我就只好去努力成为一棵顶天立地的树。是的,就像在空旷里笔直挺立的那棵树。

冬天里的热血理想,是那捡拾的干柴,在等待烈火的审判。从天而降的情景都是这样,往往先把人变成一朵朵云,然后长成了雪花的模样,再去云游四海。大山,田野,平川……我也愿意醉在你缤纷的世界,将生活的奔腾和落下整瓶啤酒的肚子慢慢发酵。江北江南,或者我穿越旖旎秀丽的山山水水,去一笔勾销。

冬日里,我不知在等你哪一场雪?岁月给了我一个不醒的梦,把时光装满了酒杯。我常常临岩而立,临江而立,临风而立,犹如等着叶子由绿而橙再红。如果可以,嘉陵江水溯回到雪峰源头,青春如水般在长江中倒流,我坐在腊月的神台上，与花花草草谈一场昨世今生的顾盼。

其实，这些都是冬天里的春天。妄谈风雨来时有我，雷电来时有你，我和季节相约穿行红尘万丈，让苍凉随风去一笔勾销，人间的无数次轮回，就这样了。

好比山城已没有半点隐私，我沉淀在她的山坳里苟且偷生。我知道，抵达冬天心灵的路径，不会是一笔勾销那么简单，可我又如何能够在蓝天那片幕布下，做出振翅欲飞的模样？

张开我的两翼忙碌吧，去变成蝴蝶或者蓝色的精灵。猝然而至的冬日旷世奇才，那是一场暴雨，比肩夏天的大暴雨。是的嘛，只有大暴雨才能一笔勾销无限的寂寞，才能一笔勾销起伏不定的暧昧遮蔽。西北风烈烈，此时有人侧耳细听窗外，那一定是大地的呼喊。

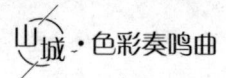

万紫千红

  时空的风儿有着无限的魔力,在阳光下迷茫的晶莹剔透会变幻出一场缠绵的春雨。冬天就像田野里的花儿一样,懂得了爱从来就不会离开万紫千红。

  是的,爱不是单独的时间怒放,应该是有条件地蛰伏在希望的生机。爱睁开蒙眬的双眼,满世界的嫩芽和绿叶,都会迎风盛开出惊喜。花儿总是在等待春天的到来,西北风在冬天日益让岁月告诫我们,不管是南北,还是西东,万紫千红都不会是这个季节的专利。面对无常,故乡大河里的流淌中,父亲在将河水引入秧田,母亲在夕阳下弓腰担水进锅灶,清冽的故乡山水哟,在滋润土壤,养育亲人,疗治忧伤……

  没有了风雪,那冬天就不是冬天了,季节的瞳孔,多少都会有些恍惚若失,还是安心地等等桃花的盛开吧,那些停留在远方的故事,沦落在荒野的思维,化作一行行南归雁的鸣叫。长江上那些被风割断的波纹,像破碎的琉璃在晾晒旧痕,它们昏黄的闪亮与夕阳同色。

  万紫千红的辉煌澎湃,在故乡,在山城,发出阵阵的爱的回音。季节会给江中无数光滑的小石头,赋予善和恶的归宿。朝野、诗云、弦歌、文学……她们太近了,又太远了,宽宥大度,山河绵长,是一封家书在构筑,黎明的天空落了下来。

　　生活会更换茁壮成长的言语，热血的理想，奔腾的青春，太阳的光芒，出征的纷飞……请让我和你一起四海为家，就算是一个梦吧，我也愿意睡在你缤纷的世界，一个睡不醒的梦，然后去把时光装满酒杯，醉在大自然的怀抱。再听听时光倒流的声音，前世今生那些呼啦啦的风儿，我们相约突破红尘万丈，寻求那一方五彩的梦，然后去挥动沧桑。

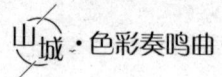

"作茧自缚"

冬日的蚕总是永守沧桑，按捺不住的焦躁在一次次感受悸动。我们在望着季节的这一片原野，总在期望这是一部岁月的书。蚕儿不会在其他季节"作茧自缚"，但如果在下雪的天气里给我们以生命的启示，那么时光将得以从容流转。我想，一股领悟并且会创造的风，吹过了冬天还能吹拂春天，到了那个属于青葱碧绿的梦。

你会走吗？去哪里呢？止不住的凝冻提醒我，这是冰封雪冻的土地囚禁。铭记往事和前欢的那一段生命，早已被渊远的源头"作茧自缚"，从天边传来了自由不息的歌……

而当我们的母亲河流把牵挂写在云间，两江就会涉笔成趣，沃野千里。嘉陵江水粉墨登场，长江会堆沙成金。这就是我们的故园，波涛四起的第一缕阳光，将在两江中呼唤回荡。而蚕总是春天的诚笃，"作茧自缚"最终是脱颖而出，更是她们的笑语盈盈。蚕桑古老，将悲欢交织，含辛茹苦地追求奉献的每一步都是沉重的。

"作茧自缚"是一条永不干涸的河，引导我们走向心灵的丰饶。"作茧自缚"是最深刻的生活，是善良者心中沉淀的塔。"作茧自缚"是经过修炼的体验，是人们每一次失去后饱含泪水。"作茧自缚"是冬天里的春天，是暴风雨中海燕的翅膀。

　　她为季节每一次美的失去痛心不已,她为岁月每一次恶的体验煎熬不息,她为时光每一瞬的变幻感慨不已,她为冬天每一次的冰封焦灼忧虑。

　　感觉不到深沉的冬天是空虚的,岁月最后会装下满腹的遗憾。我们会毫不考虑"作茧自缚"的四季寂寞,向前走去再倒退着走回来。我说过,我离开"作茧自缚"的坐标是会后悔的,我被文学时刻垂钓,不过尔尔地枯黄如同相思的落叶。

　　走向另一个世纪吧,不要嫌弃雨伞破落,只要与"作茧自缚"心儿贴着心儿,就可以躲风避雨。我多么渴求打开诗歌的大门哟,但是目光毕竟不能连接断桥,我明白,这绝对是另一种"作茧自缚"。

四季轮转

　　那群大雁，是从教科书里飞出来的吧，在碧空伸展双翼，一路向北。雁鸣孤远，书写辽阔，从季节的身后身前，从容驶过。万事亨通的时光，可以把一个冬天的诗集填满。我的心揪住了弦上待发的箭，去射中一个缝补良心的秘方，可是一切都还是冬天的模样。

　　到哪里去寻求热泪盈眶的良心呢？哪怕再次有降雪出现，哪怕花样翻新的烤红薯香味在蓄势待发，看荷花在污泥中沉眠，因为还没有打春。只要是一开春，那啼血的杜鹃便会把岁月的良心呈现。但愿如此吧，日出日落，只要有你在，西北风就很难冲动。她会去轻轻吹醒沉睡的冬夜，让黑夜后面的白昼追赶爱情，去解开岁月征途上的蝴蝶结。

　　高山上的杜鹃花一大早就洗净了花容月貌，鸟鸣，露珠，还有白云。从冬日太阳的道道光线上，可以制成金色的化妆盒了。还是可以用镜子从里到外，看透季节的朝霞胭脂，不知是从哪里飞来的蜜蜂，总是歌不离口，不合时宜地踮起脚尖，与小寒大寒相拥。

　　点燃雪地那红狐般的火焰吧，风，总是带着彻骨的寒冷，把夜晚的苦寒烧成灰烬。大雪会穿透胸腔，带走人间所有的温暖。让最后一丝丝气息去万事亨通吧，万事去学筑好的温存如天马行空的梦境，亨通去学做一只睡袋让岁月安营又放心。

今夜我吸来第一缕晨曦,呼出了头一声鸡啼,你的呼唤呀,从山城的梦魇中耕耘出一个归谬法。而我,在南方的一亩三分地安置桃花。何以要让空了的鱼钩,去钓那条奔腾的嘉陵江呢?我涉过了青天银海的日子,从万事亨通到往事琉璃,从斑斓秋天到冰霜冬天,问时光可有真情?问雁飞可有沉沦?我已无法在长江中打捞属于自己的传说,江河日下,如幻似真。请偷偷去一页页读完那一点点忘却吧,久而久之,必将幻化成深入浅出的浩瀚。

冬天的眼睛,亘古以来就是穷其理,明以心。雪花飘飘的日子,拽动了卷卷金色的阳光,点染着江山。向晚的暮纱杳然与整个深冬的季节昏黄,铺陈在天地的彩霞交织成月光的清辉。北风紧咬着雁尾挤满水域的苍茫,悲与喜的情节,冲动着下一场大雪的渴求……

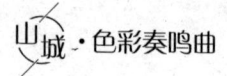

言近旨远

潮水退去，天地渐远。幸福就是这样，有时会来自更深的寂寞，冬天恋上了越来越短的白昼，漫长的夜晚很冷很冷，雪花和梅花一样可爱可敬。可是季节的言近旨远在此刻享受着人间的大悲大喜，只有夕阳在默默地不作声响，聆听美好余温的燃烧……

何必要举着夏天的绿色，去装点垂柳轻拂河堤的天空？郁郁葱葱一定会变幻出一场缠绵的春雨，绿色映衬的晶莹剔透，在春天中站了一年又一年，她始终坚信，春燕会寻求到最好的梧桐。

燕子会像田野的花儿一样，在严寒冬雪里深藏，不管哪一季的花都会在恰当的时间里怒放。言近旨远的东风睁开蒙眬的双眼，像蛰伏的冬虫显示出崭新的希望和原有的生机。是的，尽管在冬天，你的爱却从不曾离开，只是在等待，等待那迎风盛开的春天。

言近旨远的夜晚已然消逝，异样的情绪仿佛一瓣瓣绽开的花，装饰这萧瑟的季节。风在此时又用粉扑扑了大地，是的，她来过很多年了，何必要大惊小怪。人也是如此，应该走的都走了，留下的继续活着。岁月告诉我们，时空会把风中的露水与梦魇一同跌碎。

山城两江中的鱼和虾米，以最原始朴素的姿态，再次游到了我的诗中，传递来神秘的生命体验。清清亮亮的故乡山水，养育着丰饶的土壤和葱郁的万木。你的心释放着随境而幻化的催促，那是一种临界的状态，与言近旨远无关。只是要遥望去年迟来的那场春雪，与你同归。

我没料到接天连叶的芳草，正在悄悄地改变着誓言，言近旨远地吞食着冬日里灰蒙蒙的日子。我决定要等你，你的一片海应该是另一片海的故乡，而冬天，则是这两片海的磨难。如果可以，让枝蔓结在果子上，那么言近旨远这个成语，就会告别注定，告别发生，告别花不存在，而让你的影子正在盛开。

哎呀，没有什么假如，落叶肯定回不了树梢，流水也不会溯回长江源头，成语依然是成语。我坐在冬天，春天就在远方与花花草草谈一场不朽的爱情。在瞬间就给予回眸的一定是冬天，而我会因此沉入永恒，把灵魂迎向春天，迎向祈愿，迎向旗幡，迎向明天后天……

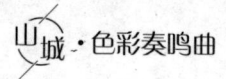

优哉游哉

可否将意念当成蛋糕，再把自己的后半生斟入高脚的酒杯？此刻，陪我把欢乐和痛苦寄托祝福的只有两个人，一个是自己的影子，另一个一定是岁月。是的，我们会把欢乐的歌声优哉游哉地喝下去。

惊喜随你挑，忧郁随你选，我们就像两只蜥蜴在石缝中，伸展着自己无限的温柔和慈爱。告诉我吧，那朵在冬天也能开放的花儿，你是否在世纪的另一端，听着我们那嘹亮的歌声，在为伉俪而演唱？月光戴着她那珍贵的银镯子，好比我那两鬓苍苍的老祖母，硬把童年套在我的手上。痛苦了一个冬季的花朵呀，我们在这个夜晚里守候，守候那来自春天的吹奏。优哉游哉并非一根筋地要成为主调，还是从立体交叉的季节的边缘滑来吧，美声一定会在悠远的晚钟里唱响。

是的，这是慈爱的赐予，使我们在冬天也能呼吸到一片春天的清新，我能不能和那些杂树一样，潦倒着自己的绿，举向蓝天的另一端？一缕清风香十里，柳絮轻抚孕喜雨，春燕悠闲来去，郁郁葱葱捉天迷……我们在岁月里盼了一年又一年，像田野里的落花成家一样，不会优哉游哉。我们在等待东风吹落尘埃，然后去再次敲响秋月的窗棂，显示出崭新的希望和生机。

到了大雪这天,节气又开始憧憬,即使不寒冷,我们也怕冷。候鸟在催促,春天急于告白,冬天的信使却不紧不慢,优哉游哉地独自踏雪。去遥望去年的那场大雪吧,之后的我们,边漫步边等候风雨殊途。那股风采,是必须把季节走失的灵魂找回原处,一身闪电的鹰,驮走了岁月的词语,留下的是一股孤勇的风……

还是按部就班地把自己埋进深沉的日月吧,优哉游哉绝不是投机取巧。远方正在举高夏日的芬芳,正如岁月越过了春天,因此才会期待被季节唤醒,来一场说走就走的旅行。

追着那些迟到的春风,脚步会变得像后浪推着前浪的浑浊,夕阳西下的辉煌呐喊,徜徉在一片叶子上,或者一朵小花中,这就是优哉游哉了。我会拾起无数的小石头,漂向故乡的江流,送他们去寻求归宿……

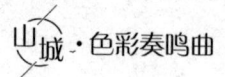

恣意妄为

  如果冬天没有了风雪,我会怀念故乡所有的水。岁月恍然失神了,仿佛步入暮霭的瞳孔,温驯地盘坐在谦恭的幻境上,却也怕冷。而季节就是一碗热汤,一口把汤喝下去,汗就出来了。

  避开了风雪,时光就是一个苍颜白发的王者。冬天的山城,总是会遥望去年那场迟来的雪,之后的两江,边在河岸盼望风雪殊途,边在等待蝶舞霓裳的春归。停留在远方的深秋,如同那一群雁,追着风雪的脚步,上下扇动着未来的自己,同样会怀念故乡的水。因为它们也不喜欢季节恣意妄为,它们的呐喊在江边余音缭绕,澎湃地发出波浪壮阔的水面美谈。

  仿佛如沉重一般,掉进了生活的最底层,其实沉重才是最深的生活。你敢说你并不需要季节的沉重么?那就是不用深究的恣意妄为了,何必呢?道旁边的草地既然已经爱上了天空的星,就让夜晚的精灵把思念纷扰成雪花吧,沉重才是时光经过修炼后的体验,每一步都会是幻想者无所作为的构思。

  这个幻想者是你吗?冬天回答说感觉不到沉重的心灵肯定是空虚的,勇士总是会为目标搏击,她就是这种恣意妄为的幻想者。沉重是一条永不干涸的河,好比故乡的长江和嘉陵江，你何时看到过她们的河床？就是那条永远不会干涸的河流，引导着我们走向丰饶。

所以沉重是创造者永无止境的攀登，冬天被希望火花照耀着的大地同样沉重。这个话题已然是强者加给自己的砝码，其实并没有这种磨难后的阵痛，只要不是恣意妄为，这就够了，何必如此认真？冬天的风雪是正常的夙愿，更是季节的无数次翘首的冻结。为了那不能实现的夙愿，她最后会用最坦诚的心儿去撇开伟大的孤独，她说，这才是奉献者承担起生活之担后感觉的分量。

只有勇敢地向前，携住冬天的双手，与命运起舞，在潇洒中用杜鹃的啼鸣逦迤成缠绵的情书。黄土在荒山野岭披星戴月成荒弃。冬天终会翠绿……

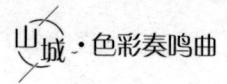

去似微尘

  人生一世，草木一生，来如风雨，去似微尘。我想告诉你，冬天，可别让一个小小的卑躬屈节，坏了你冰雪的驾临。冬天并不是一页残破的短篇，她的暴风雪和霜花并不亚于夏日和春日。

  不如为自己而活。想想吧，人生苦短，来日方长，只要你的心是善良的，你就会涉过春光，而后醉倒西窗，继续你的季节生命。要知道，一切伟大的创举都会有最困难的一段，他日掠过深浅，去似微尘，再冷藏梦想。

  冬天总是用寒冷说话，冬阳的期待更会如约而至，你曾是我纷飞的蜉蝣，狂烈地奔驰在我冰凉的憧憬中。在那些洒落泉水的秋夜，那叮咚的六弦琴声，轻轻拨动过心弦。我已经懂得一些去似微尘的道理，你也曾是我亘古的原野中，牵引我夜游的精灵。于是，在风霜的世界里，我找到了执着的求证。

  我们从小就爱冬天，爱她的草木一生。当然，冬天里找不出暴风雨中的乌云，那些来如闪电，是夏天才有的专利。但是，从天上，从海上，从高山，冬天仍然会如期而至。她被冻红的太阳会如暴风雨般挺立天空，用她的雪橇去劈砍着整个世界，劈砍着一切虚假和胆怯，把云雾与山河踩在脚底，更在飞翔和速度中发出命令：一切的黑暗，丑恶污秽的人生，滚开！

　　我的山城，我的重庆，地平线上早就升起了青春年华。冬天在这里找不到自己的弱点，你寒冷的季节幻化成长江千年绝壁上无情的冲刷。于是，我朝暮膜拜的风寒季节走了，等待岁月的春天降临。其实，写到现在，我并不知道你是什么，只知道你在日出的那一刹那，安守本分地匆匆停留，又彩霞仙女般升华而去。我猜想，这可能就是分别在今天，相聚在明日吧。

　　去似微尘，掀动了风雨如磐的人生，即使恶浪打击了无边无际的江水，那些独来独往的鱼群，仍然会在流浪中反复歌唱"一千零一夜"的走失。微尘的来往去处何需你来过问？是的，小小微尘，能上天涯，小小微尘，能下江海，又何须在冬天里议论？

　　我似微尘，微似风尘，在这个世界，我好比是冬天的儿子，行走在春天的投影，因为你的身后，田埂旁边一定是油菜花开的青春。我想起了那个渴望生活的季节，想起了人间烟火，这是我写诗最棒的收成。

跋语

成书一本,虽不是首次,却也喜不自胜。

好比小鸟筑巢,得一枝枝一根根地衔泥修缮,其中辛苦,自不待言。

苏轼有诗曰:江城地瘴蕃草木,桃李满山总粗俗,也知造物有深意,故遗佳人在空谷。

人生就是在读一首有意有境有韵味的诗句,尤其是在大好形势下改革开放的春天,我们就是在把一列开往春天的城市列车驶往如梦之天的目的地。中国梦,小康梦,人民的梦,幸福的梦,在故乡山城大地上拉开了追寻的幕布。我天天生活在诗一般的环境中,我激动,我歌颂,我在一年四季里将生命探索,我在春夏秋冬中用青春起舞。于是我写成了一首首一章章如诗如歌的美文,用美文去探索世界,用美文去歌舞时代。这也算是一种创新的形式,因为诗也能写成散文,而散文也可以成诗,半吊子的我,以此就教于读者和专家。无论如何,我的情是真的,意是切的,所谓情真意切,就是一种七彩的色调,她是为故乡山城而焕发的,这就是《山城·色彩奏鸣曲》。

情怀与担当,牺牲与奉献,这就是我的梦想与追求。开创新征程,开创新局面,展现山城人民自信自豪奋进向前的精神面貌,是我的写作理念。《红色气质》歌颂党,

《春之卷》歌颂春……朝天门，歌乐山，长江，嘉陵江，都是我歌颂中的崇拜。其实，我是崇拜故乡，崇拜山城，崇拜重庆，崇拜如诗如梦的生活，崇拜时代主旋律。

于是，我写下了这总共90篇美文，编辑成集，去唱响爱国爱党爱家乡的鱼水深情吧。

春夏秋冬，这就是我们把美好期盼变为现实的奋斗历程，一年四季，这里有我们鼓舞接续全面建成小康社会的伟大精神！

细思皆幸矣，下此便翛然。莫道桑榆晚，微霞尚满天。

今年我已七十有六，但我还在用青春唱歌，还在用少年奋搏，为了党的文艺事业，老作家也要唱新曲！